AF304551

<hr>

Sylvester Pettr Clarkey

Drei Karotten für Jean-Richard

Roman

<hr>

Bibliografische Information der Deutschen Nationalbibliothek:
Die Deutsche Nationalbibliothek verzeichnet diese Publikation in
der Deutschen Nationalbibliografie; detaillierte bibliografische
Daten sind im Internet über http://dnb.dnb.de abrufbar.

Sylvester Pettr Clarkey ist das Pseudonym eines weit gereisten Autors. Er schreibt gerne über alles Mögliche und ist ein lustiger und kreativer Typ. Aus seiner Feder stammt der Roman „Geodreieck sucht Futur I fürs Leben."

Drei Karotten für Jean-Richard
Autor: Sylvester Pettr Clarkey
Satz: Sylvester Pettr Clarkey
Foto: Sylvester Pettr Clarkey
Covergestaltung: Sylvester Pettr Clarkey
© 2024 by Sylvester Pettr Clarkey
Herstellung und Verlag: BoD – Books on Demand, Norderstedt
ISBN: 9783759767301

Hase Jean-Richard du Petit Déjeuner steht am Bahnsteig der U-Bahn-Station „Pigalle" in Paris. Seine Schlappohren hängen über dem zottigen braunen Fell, die dunkelbraunen Haare hat er ordentlich über seinen Kopf mit Pomade geklebt, damit man die beginnende Glatze nicht so sehr sieht. Denn die Luft ist nicht immer gut in Paris. Sie ist oft so schlecht, dass sogar den dort arbeitenden Hasen die Haare ausfallen können.

Hase Jean-Richard, ein Feldhase im besten Alter, beobachtet das Treiben am Bahnsteig. Schon seit langem sucht er eine Häsin, eine Frau fürs Leben, aber dank der weltweiten Finanzkrise hat er all sein Vermögen durch „faule Aktien" bei der „Walking-Bank" in Los Angeles verloren – und kann sich nicht mal mehr einen Luxusstall in Paris leisten.

Er verdient sein Geld jetzt als Fremdenführer in Paris.

„Adrette Erscheinung", denkt er, als Marie-Fabienne Macrogole, ein Borstenkaninchen-Weibchen, vorbeihoppelt. „Ob ich wohl bei ihr landen kann?"

Parfümgeruch kitzelt in seiner Nase. „Chanel-Lapin Nummer Fünf" oder etwas Ähnliches. Hase Jean-Richard hat keine Ahnung von weiblichen Kaninchendüften. Dazu lebt er schon zu lange in Paris. Seit Ewigkeiten hat er den Duft von frisch gemähtem Gras, von saftigen Wiesen und von bunten Blumen nicht mehr gerochen. Hat seine Ex-Freundin Lysann-Claudette nicht immer gesagt, außer Bier- und Zigarettengerüchen habe er sowieso nichts in der Nase?

Na ja, Lysann-Claudette. Dieses Kapitel ist endgültig abgeschlossen.

Die schwarzgelockte Kaninchendame neben ihm fesselt ihn. Die dezent zurückgelegten Löffel stehen ihr ausgezeichnet, die Lippen haben einen interessanten Rosaton. Einen aufreizenden Rosaton.

Ihre schwarze Blume (Hinterteil) mit weißen Strähnchen sieht klasse aus.

Hase Jean-Richard schwitzt. Wie kann er das Objekt seiner Begierde auf sich aufmerksam machen?

Verhalten hüstelt er.

Seine Löffel stehen aufrecht nach oben – so dass er jede Regung der Kaninchendame spüren kann!

Doch nichts geschieht. Die Blicke der Schönen hängen an der Anzeigentafel, die die nächste U-Bahn nach Notre Dame ankündigt.

Aber U-Bahn – wer sagt in Paris schon U-Bahn? Métro heißt eine U-Bahn in Paris.

Hase Jean-Richard fummelt an seiner Krawatte herum – den Eiffelturm in allen Farben auf dunkelblauer Seide. So eine Krawatte braucht man als Fremdenführer in Paris. Man muss ja ordentlich und sympathisch bei den Touristen rüberkommen. Und das Eiffelturmdesign sei gerade in, hat ihm die Verkäuferin gesagt, als sie ihm die Krawatte aufschwatzte. Er trägt sie fleißig.

Nichts passiert. Dem Borstenkaninchen-Weibchen neben ihm kommt es nicht in den Sinn, ihn auch nur eines Blickes zu würdigen.

Wo sie wohl arbeitet? Vielleicht im Gärtner-Team, in der Umgrab-Gruppe, im Schlossgarten von Versailles? Oder als Werbe-Ikone in einer Firma, die Schokoladen-Osterhasen herstellt? Vielleicht auch in einem Reisebüro, das Oster-reisen vermittelt?

Versonnen schlenkert er seine Schlappohren hin und her, so dass diese leicht gegen sein Rückgrat hauen. Seine Flauschhaare auf dem Rücken, die Jean-Richard jeden zweiten Tag wäscht und fast jede Stunde kämmt. Hase Jean-Richard liebt diese Flauschhaare auf seinem Rücken – sein ganzer Stolz ist, dass ein Mittelscheitel genau in der Mitte seines Rückgrats hängt.

Das sanfte Knallen seiner Löffel wird jäh verschluckt von der heranbrausenden Métro in Richtung Notre Dame.

Hoffnungslos beobachtet Jean-Richard, wie die das schöne Borstenkaninchen-Weibchen Marie-Fabienne Macrogole in die Métro hoppelt und verschwindet.

Sie hat nicht einen Blick an den Hasen neben ihr vergeudet.

2. Kapitel

Endlich daheim im Stadtteil Pigalle, in seinem Stall des Kellergeschosses des Hauses Nummer 7 der Rue Laforgue-Bernard wirft Hase Jean-Richard seine glänzenden schwarzen Socken unter den dunkelroten Cordsamthocker.

Wieder ein Feierabend – alleine mit seinen angenagten Karotten und den Gurkenschalen. Alleine zwischen Unmengen an Zeitschriften und ungelesener Bücher über Paris und den dreckigen Fressnäpfen von sieben Tagen.

Eigentlich hat er das Alleinsein satt. Es ödet ihn an, fast jeden Abend alleine zu sein. Er vermisst ein Gegenüber – eine Häsin zum Anfassen. Eine Häsin, mit der man reden kann. Eine Häsin, die zu ihm passt. Zu gerne will er sich ändern – für die Häsin seiner Träume.

Aber es scheint absolut nicht einfach zu sein, diese zu finden.

Bis er das Hasenalter erreicht hatte, das dem Menschenalter von dreißig Jahren entsprach, hatte er nie an eine feste Bindung gedacht. Die weite Welt lockte, Karottensuchtouren mit befreundeten Hasen in der Bretagne, Raumfahrt in Russland, Schnellzugfahren in China und weitere Reisen. Beruflich hatte er sich seine Karriere als Fremdenführer aufgebaut.

Immer wieder kostete er von dem Saft der Liebe. Allerdings schritt er nur durch kurze Episoden, kurze Partnerschaften. Es galt, so viele Häsinnen wie möglich in seine Nähe zu bekommen, ihnen zu zeigen, wie man vor Leidenschaft raste. Ihnen zu zeigen, was für ein toller Hase er war, was für eine toll duftende Blume er hatte.

Allerdings dauerten seine Beziehungen nie länger als ein paar Tage. Wenn es dann dazu kam, „Nägel mit Köpfen" zu machen, eine festere Beziehung einzugehen, schreckte er entweder zurück oder die jeweilige Häsin.

Mit wie vielen Häsinnen hatte er schon gerammelt, wie oft drang er in sie ein, spürte das Nass ihres „Geheimeingangs", das sich mit seinem Samen mischte. Nach jeder Beziehung allerdings blieb der schale Geschmack des Versagens zurück. Wieder hatte es nicht geklappt, das gemeinsame Glück lag vor ihm zerbrochen wie dünnes Glas.

Ob aus seinen Liebesabenteuern mit diversen Häsinnen kleine Hasen hervorgegangen waren, erfuhr er nie. Vielleicht war schon halb Paris voll mit seinen Nachkommen...

Dennoch kann er nicht genug bekommen. Ihn faszinieren die Häsinnen, er will eine für immer an sich binden.

Aber wie soll er das anstellen?

Langsam schlurft er zu seinem Möhren-Vorratsschrank und holt eine Dose „Deck's Bier" heraus. Dieses hatte er schon in Marseille und Lille genossen – oder war es ein Bier der Brauerei „Nager"?

Auch egal. Lysann-Claudette hat den Möhren-Vorratsschrank vor exakt drei Wochen geputzt, aber ihm, Jean-Richard, ist es gelungen, ein buntes Sammelsurium durcheinander gewürfelter Lebensmittel daraus zu gestalten.

Vielleicht ist es Zeit, seinen Wohnstall im Kellerloch aufzuräumen?

Heute jedoch steht ihm gar nicht der Sinn danach. Er lässt sich in seine bequeme Ruhekiste, die er mit altem Stroh gepolstert hat, plumpsen und knipst „Eurosport" an.

Fernsehen – die Droge, die ihn immer schon beruhigt hat. Genau das, was er auch jetzt braucht.

3. Kapitel

Sechs Uhr morgens. Tick, tick, tick – ding, ding, ding! Der Wecker reißt Hase Jean-Richard nur allzu heftig aus seinen süßen Träumen. Schon wieder ein Arbeitstag! Na, dann mit frischer Kraft auf in den neuen Tag!

Der Kaffee, Marke „Wilde Bohne", mundet köstlich. Und auch die Knusperkarotte aus dem Hause „Bonjour Carotte" wird für Jean-Richards Fitness am Morgen sorgen.

So schlecht sieht ja sein etwas herunterhängender Bauch beileibe nicht aus, findet Hase Jean-Richard. Damit wirkt er wenigstens gemütlich und umgänglich. Welcher Hase kann das schon von sich sagen?

Im Radio trällert die Gruppe „Moustache" einen ihrer Riesenhits. Hase Jean-Richard zieht sich seine blauen Glanzsocken an und bindet seine Fremdenführer-Krawatte um seinen Hals. Kalt soll es heute werden und herbstlich – da dürfen die Pfoten nicht frieren.

Hase Jean-Richard geht das Alleinsein langsam auf die Nerven. Wie schön wäre es, wieder das flauschige Fell einer Häsin neben sich zu spüren, einen sanften Kuss auf die Hasenwange gehaucht zu bekommen? Lysann-Claudettes sollte es nicht mehr sein, der Typ Frau wie an der U-Bahn-Station ist für einen Hasen mit einem leicht hängenden Bauch unerreichbar.

Hase Jean-Richard wünscht sich einfach eine nette Häsin, die seinen Kellerstall belebt, mit ihm an arbeitsfreien Tagen zum Möhrensuchen tigert und abends mit ihm seine gemütliche Kiste teilt.

Aber wie findet er diese Häsin?

Dieser Gedanke verfolgt ihn in der U-Bahn und dann, als er einer Gruppe Ratten aus China das Viertel um die Kathedrale Notre-Dame zeigt. Wie schade, dass seine heutigen Kunden Ratten sind! Einige nette Weibchen sind ja schon dabei, aber Jean-Richard sucht seinesgleichen und will sich nicht mit anderen Tieren paaren! Irgendwie hat ihn das Schicksal übergangen, ihm das Glück in der Liebe bisher nicht gegönnt.

Gedankenverloren schlendert er von der U-Bahn-Station in Richtung zu dem Kellerstall, den er schon seit Jahren gemietet hat. Seine Gedanken schlagen Kapriolen in seinem Gehirn, dass er einfach das Klimpern nicht mehr hört. Das Klimpern, verursacht durch ein Zwei-Euro-Stück, das plötzlich aus seiner Fremdenführer-Handtasche purzelt.

Doch der Schwarzlippige Pfeifhase von Pigalle hat es gemerkt, sammelt das Geldstück auf und hechtet Hase Jean-Richard hinterher.

„Sie haben etwas fallen lassen!", brüllt er. „Geldstück:innen sind so wertvoll heutzutage…"

Abrupt bleibt Hase Jean-Richard stehen, wie vom Donner gerührt. Es gibt noch ehrliche Seelen auf dieser kalten Welt, die Zwei-Euro-Stücke ihren Besitzern zurückgeben!

„Danke!", lächelt Hase Jean-Richard beinahe scheu den gendernden Schwarzlippigen Pfeifhasen an und steckt das Geldstück in einen seiner Glanzsocken. „Ich sehe Sie jahrelang an dieser Station als Stationsvorsteher Ihren Dienst verrichten, aber noch nie sind wir miteinander ins Gespräch gekommen!"

„So geht es mir auch!", grinst der Schwarzlippige Pfeifhase. „Sie wohnen schon lange in Pigalle, nicht wahr?"

„Klar!" Hase Jean-Richard mustert den Pfeifhasen vor ihm, dessen schwarze schlanke Gestalt in einer blauen Uniform steckt. „Und Sie? Wohnen Sie auch hier?"

„Nein – ich komme ja ursprünglich aus Peru, wo meine Rasse ,Schwarzlippiger Pfeifhase' beheimatet ist. Aber schon seit mindestens fünf Jahren wohne ich in Montparnasse, das ist ja nicht weit entfernt. Mit der Metro (U-Bahn) ist es ein Katzensprung…“

Hase Jean-Richard wundert sich, wie einfach es auf einmal scheint, mit einem Schwarzlippigen Pfeifhasen Bekanntschaft zu schließen. Eigentlich ein netter Pfeifhase, der sicherlich eine tolle Freundin zu Hause hat.

Ehe sie sich versehen, sind sie auf einmal ins Gespräch vertieft. Charles Petit-Pomme heißt der Schwarzlippige Pfeifhase, und er ist sogar verheiratet. Hase Jean-Richard staunt.

„Aber ich würde nie wieder heiraten!“ Charles Petit-Pomme schüttelt den Kopf. „Mit meiner Frau bin ich total vom Regen in die Traufe geraten! Dauernd schimpft und beißt sie und bringt die beiden Kinder:innen gegen mich auf. Seien Sie froh, dass Sie nicht verheiratet sind!“

„Froh? Ich?“ Hase Jean-Richard schüttelt energisch den Kopf. „Ich habe viel zu lange damit gewartet. Und jetzt ist der Zug in diese Richtung wahrscheinlich abgefahren. Seien Sie froh, dass Sie nicht Hasensingle sind! Ich fühle mich manchmal wirklich einsam!“

„Man sieht es Ihnen aber nicht an!“, meint Charles Petit-Pomme. „Sie machen eher einen gelösten Eindruck – ganz im Gegensatz zu den Singl:innen, die tagtäglich zu dieser Bahnstation hoppeln, kriechen und springen.“

Hase Jean-Richard wundert sich nur noch. War er doch überzeugt, das Aushängeschild „Suche Häsin für lebenslange Hoppelaktivitäten“ müsste jeder Hase und jede Häsin weithin leuchten sehen. Das scheint jedoch ganz und gar nicht der Fall zu sein.

Sie diskutieren eingehend über die Vor- und Nachteile des Single- und Familienlebens bei Hasen.

„Geben Sie doch eine Kontaktanzeige auf!“, rät Charles Petit-Pomme seinem neuen Freund schließlich. „Ich kenne etliche Has:innen, die damit bereits Volltreffer erzielt haben.“

„Hmm – ich weiß nicht recht." Hase Jean-Richard ist von dieser Idee nicht ganz überzeugt. „Viele Lebewesen – und auch Hasen - zeigen doch Hemmungen, auf eine Kontaktanzeige zu reagieren."

„Probieren Sie es doch einfach aus, bevor Sie Spekulation:innen anstellen!" Charles Petit-Pomme lächelt Jean-Richard aufmunternd zu. „Solange Sie diese Möglichkeit nicht ausprobiert haben, können Sie nicht sagen, dass für Sie in Sachen Partner:innen der Zug bereits abgefahren ist."

„Vielleicht haben Sie doch Recht. Ich sollte mir einen originellen Text einfallen lassen. Etwas, das noch nie da war. Etwas, das Häsinnen sofort ins Auge schießt."

„Na – bravo! Jetzt gefallen Sie mir! Überlegen Sie sich für Ihre Anzeige besondere Buchstab:innen, die attraktive Wort:innen ergeben! Ich hoffe doch, dies war nicht unsere letzte Unterhaltung?"

„Bestimmt nicht!" Hase Jean-Richard lächelt, verabschiedet sich von dem Schwarzlippigen Pfeifhasen Charles Petit-Pomme und schlendert langsam zu seinem Stall.

Und er dachte schon, dieser Tag sei wie jeder andere. Dabei hat er einen neuen Freund gewonnen. Dieser Charles Petit-Pomme besitzt wirklich Power – schade, dass seine Ehe ein solcher Reinfall ist!

Die Idee mit der Kontaktanzeige hört sich gut an. Und in Jean-Richards Gedanken reift plötzlich eine Idee...

4. Kapitel

Wie bitte?" Das Löwenkopfkaninchen-Weibchen an der Anzeigenannahme des „Journal pour les lapins" (auf Deutsch: Hasenkurier) blickt

Hase Jean-Richard fragend in die grünen Augen. „Wiederholen Sie diesen Anzeigentext nochmals!"

„Biete bemanntes Sofakissen!" Hase Jean-Richard schüttelt den Kopf. Wie umständlich sich manche Hasen und Kaninchen gebärden, wenn man einen Anzeigentext erfindet, der nur ein bisschen außerhalb der Norm liegt!

„Okay." Die Kaninchendame schluckt hörbar. „Schreiben wir das also in die Anzeige. Soll noch ein anderer Text dazukommen?"

„Ja. ,Flotter Feldhasen-Vierziger wartet auf deine Zeilen – ich freue mich auf dich'." Hase Jean-Richard bleibt ganz gelassen. Nur einige Minuten noch, und er kann aus diesem komischen Zeitungsgebäude huschen!

Die Kaninchendame schnauft. „Eine Kleinanzeige mit Chiffre – vierzehn Worte – das macht genau 18,50 Euro! Aber Sie haben noch folgende Vorteile: Zuschriften zu Ihrer Anzeige kommen nicht nur per Post, sondern wir werden sie auch an eine eigens dafür vorgesehene E-Mail-Adresse schicken. Sind Sie damit einverstanden?"

Hase Jean-Richard lächelt. Kontaktanzeigen sind nicht billig – aber warum soll er auf das Geld sehen, wenn er vielleicht die Häsin fürs Leben findet? Wortlos kramt er die Summe heraus und legt sie auf den Schreibtisch vor sich.

„Klar bin ich damit einverstanden!", sagt er.

Das Löwenkopfkaninchen-Weibchen verstaut das Geld in einer Schublade und händigt Hase Jean-Richard eine Quittung aus. Hübsch sieht die Kaninchendame aus, blaugrau, schmal und drahtig. An ihrem linken Löffel prangt demonstrativ ein Goldring. Ein Zeichen dafür, dass sie verheiratet sein muss.

Wahrscheinlich musste sich diese Kaninchen-Dame noch nie außergewöhnliche Anzeigen ausdenken, um sich den Kaninchen-Mann fürs Leben zu angeln, denkt Hase Jean-Richard schon beinahe neidisch.

Erlöst springt Hase Jean-Richard aus dem Gebäude und hastet zur U-Bahn-Station.

In der Hand hat er auch seine neue E-Mail-Adresse. Live_your_life_234@hasen-web.de heißt sie, und er findet sie äußerst passend.

In Pigalle läuft ihm der Schwarzlippige Pfeifhase Charles Petit-Pomme fast schon in die Arme.

„Ich habe die Anzeige bereits heute aufgegeben!", raunt ihm Hase Jean-Richard glücklich zu. „Jetzt bin ich auf das Ergebnis gespannt!"

„Gratulation, lieber Freund!" Charles Petit-Pomme freut sich sichtlich. „Sie werden mir doch erzählen, wer Ihnen schreibt?"

„Das will ich gerne tun!" Hase Jean-Richard gefällt sein neuer Freund immer besser, und spontan schlägt er vor:

„Wenn wir schon so vertraulich miteinander reden, könnten wir uns doch duzen! Was meinen Sie dazu?"

„Natürlich sagen wir ‚du'! Ich heiße Charles!" Charles' Augen blitzen wie Weihnachtskerzen, als er seinem neuen Freund auf die Schultern klopft. „Und wie heißt du?"

„Hase Jean-Richard – typisch pariserisch eben!"

„Toll, Jean-Richard! Wir sollten jetzt eigentlich auf unser Wohl anstoßen! Leider darf ich im Dienst keine alkoholischen Getränk:innen trinken. Aber ich kann dich zu einer Tasse Kaffee einladen. Hast du Lust?"

Das lässt sich Hase Jean-Richard nicht zweimal sagen. Er – der Kaffeefetischist, wie er in jeder Hasen-Enzyklopädie steht.

Fröhlich folgt er Charles ins Stationshäuschen.

Geschickt gießt Charles das duftende, heiße Getränk aus einer silberfarbenen Warmhaltekanne in zwei Pappbecher.

„Auf uns!", ruft er dann und hebt seinen Becher. „Diese Becher:innen waren ein Sonderangebot aus dem Supermarché (Supermarkt) in Montparnasse! Sind sie nicht geil?"

Hase Jean-Richard lächelt über seinen gendernden und gut gelaunten Schwarzlippigen Pfeifhasenfreund Charles und prostet ihm fröhlich zu.

„Klar – das Muster ist wirklich sowas von geil!" Von allen Seiten betrachtet er den Becher, der eine Häsin zeigt, die gegen eine Tür rennt.

Beide Hasen haben es sich auf zwei alten Holzstühlen gemütlich gemacht.

„Wie lautet denn dein Anzeigentext?", will Charles wissen.

„Bevor ich dir das verrate, sollte ich dir meine Vorüberlegungen schildern." Hase Jean-Richard nimmt einen großen Schluck und fährt sich über sein leicht fettiges Fell am Kopf. „Ich arbeite als Fremdenführer. Wenn ich mit meinen Kunden spreche, sage ich immer: ‚Paris bietet Ihnen...' Warum sollte ich den Spieß nicht einfach herumdrehen und den Häsinnen auf mich Appetit machen?"

„Das klingt sehr spannend. Und wie hast du den Anzeigentext gestaltet?"

„Der Schlankste bin ich ja nicht gerade..." Beinahe frustriert blickt Hase Jean-Richard auf seinen Bauch. „Wenn ich allerdings diese Tatsache verheimliche, ist so manche Häsin vielleicht geschockt, wenn wir uns persönlich kennen lernen. Also beschloss ich, die Vorteile meiner Figur hervorzuheben", Hase Jean-Richard grinst schelmisch. „Ich schrieb einfach: ‚Biete bemanntes Sofakissen'."

Sein Gegenüber schweigt zunächst. Dann aber hellt sich sein Gesicht auf.

„Diese Idee ist riesig – phänomenal! Darauf muss man erst einmal kommen! Mit diesem Text kann man eigentlich keine Fehler:innen machen!"

„Genau das denke ich auch!", lacht Hase Jean-Richard und hebt noch einmal seinen Pappbecher triumphierend in die Höhe.

5. Kapitel

Jacqueline Dubois betritt ihren Zwei-Zimmer-Stall im Stadtteil Haussmann Saint-Lazare.

„Endlich erlöst!", denkt sie und lässt sich auf ihr braungelb kariertes Sofa plumpsen. Jacqueline ist ein Kaninchen-Weibchen der Art „American Fuzzy Lop" und hat ein ähnliches Fell wie ein Angora-Kaninchen. Sie ist Lehrerin in einer Hasen- und Kaninchen-Privatschule, und die Schüler haben sie heute wieder regelrecht geschlaucht. Warum wird es immer schwieriger, Ordnung und Ruhe in eine 30-köpfige Hasen- und Kaninchenschulklasse zu bringen?

Müde schweift ihr Blick über ihre Möbel in ihrem schicken Stall. Immerhin ist sie Lehrerin, kann sich also einen Stall leisten – und muss sich nicht mit einem Hasenbau, einer einfachen Sasse, begnügen. Einsam fühlt sie sich – ihre letzte Beziehung beendete sie gerade vor einem halben Jahr.

„Ein neuer Hase oder ein neues Kaninchen muss her", denkt sie. „Aber wie?"

Mit der Unordnung in ihrem Stall wird sie vorläufig keinen Blumentopf gewinnen, geschweige denn, einen Hasen oder einen Kaninchen-Mann anlocken.

Unordnung – ein Fluch unserer heutigen Gesellschaft – und besonders bei Singles weit verbreitet. Man hat alles, hebt vieles auf – in der Hoffnung, das eine oder andere noch irgendwann gebrauchen zu können.

Als Lehrerin sammelt Jacqueline alles. Ihre Pappkartonsammlung hat bedrohliche Ausmaße angenommen, etliche Zeitungsausschnitte mit Blumenmotiven warten darauf, endlich im Sachkunde- und Eiermal-Unterricht eingesetzt zu werden. Oder die vielen Osterzeitschriften, die man zur Unterrichtsvorbereitung brauchen könnte, aber doch nie verwendet, weil man keine Zeit hat.

Jacqueline hasst ihre Unordnung, sie hasst ihre Einsamkeit, und heute hasst sie auch ihren Beruf.

Versonnen stellt sie ihre Löffel nach oben und streichelt ihre anmutige Blume.

Eigentlich wird es Zeit für einen neuen tierischen Liebhaber – einen Hasen oder einen Kaninchen-Mann, für den sie ihren Stall in Ordnung bringt, einen männlichen Bewohner, der ihre Einsamkeit raubt und ihre Gedanken in Schwung bringt und mit ihr hoppelnd die Millionenmetropole Paris erkundet.

Ein Liebhaber, der sie so sehr in Schwung bringt, damit sie wieder fit wird, ihr Unterricht mitreißend wird und sie ihre Schüler wieder eher ertragen kann.

Ein Gedanke schießt durch ihren Kopf – schnell wie eine Sternschnuppe. Warum hat sie noch nie auf eine Kontaktanzeige in einer Zeitung geantwortet? Vielleicht, weil den Herrschaften, die eine solche Anzeige platzieren, einst der Ruf anhing, sie seien nur zweite Wahl, sie würden anderweitig keinen Partner finden.

Aber hat sich heute die Situation nicht geändert? Es wird immer schwerer, den passenden Hasen- oder Kaninchenpartner zu finden, weil so viele Hasen und Kaninchen sich nicht mehr binden wollen und die Zeit schnelllebig geworden ist. Auch unter der Pariser Nagercommunity. Und so landen auch „normale" Hasen und Kaninchen in den Kontaktanzeigen der hiesigen Nagermedien.

Jacqueline angelt nach dem „Journal pour les lapins", das auf ihrem Sessel liegt und blättert darin. Fetzige Überschriften und aufreizende Fotos interessieren sie im Moment nicht – sie sucht nach den kleinen, beinahe schüchtern versteckten Kontaktanzeigen.

„Raucherhase – 30 Zentimeter groß – sucht eine schafsliebende Skorpionfrau", liest sie. Nein, jemand, der seine Partnerin nach Sternzeichen auswählt, ist nichts für sie, denn sie glaubt nicht an die Märchen, die die Astrologen erfinden und die dann unter dem Decknamen „Horoskope" Einlass in viele Zeitungen und Zeitschriften finden.

„Landwirtschafts-Rexkaninchen-Männchen, 35 Zentimeter groß, sucht Partnerin, die mit ihm das Landleben neu entdecken möchte." Nein, das ist auch nichts für Jacqueline. Sie mag das Landleben nicht. Ihr gefällt Paris, diese pulsierende Weltstadt. Auf einem Dorf herrscht meistens „tote Hose" – was gibt es da zu entdecken?

Plötzlich bricht Jacqueline in Lachen aus. Nein, das gibt es doch nicht! „Biete bemanntes Sofakissen!" Ein Hase, der eine solche Anzeige aufgibt, muss viel Humor besitzen – und Mut haben!

40 Jahre? Das ist auch nicht schlecht – Jacqueline zählt gerade 35 Hasenjahre – also kein großer Altersunterschied.

Sie amüsiert sich über diese Anzeige mit Chiffre. „Dieser Hase ist wenigstens ehrlich", denkt sie. „Er besitzt keine Traumfigur und will die kontaktsuchenden Frauen darauf vorbereiten. Was für eine gute Idee!

Hätte er „Dickerchen" geschrieben, wäre jede Häsin und jedes Kaninchen-Weibchen negativ berührt gewesen. Aber „bemanntes Sofakissen" klingt gut – wirklich gut! Das klingt nach einem Hasen zum Anschmiegen – ja, wozu doch Karottenbäuche gut sind!

Auf einmal brennt Jacqueline darauf, diesem Hasen sofort einen Brief zu schreiben. Zuerst einmal stellt sie sich kurz vor – die schlankste ist sie auch nicht, aber einen Karottenbauch hat sie noch nicht vorzuweisen. Bei ihr haften die Pfunde immer am Po – sie kleben fest wie angeschweißt. Selbst durch die „Klothilde-Drei-Stunden-Diät" und die „Diät-Schokoladen-Diät" aus der Zeitschrift „Flotter Nager" konnte sie bisher diese Pfunde noch nicht zum Schmelzen bringen.

Jedoch sieht auch nicht jeder Hase und jedes Kaninchen wie Richard Gere oder Tom Cruise aus. Warum soll sich Jacqueline also schämen?

Gleich am nächsten Morgen wird sie den Brief in den Postkasten werfen. Ob sie wohl eine Antwort bekommt?

6. Kapitel

Béatrice Chanterelle, ein hübsches Löwenkopfkaninchen-Weibchen, sitzt abends noch in ihrem Büro in dem Verlag GUILLERMO & BONFIDELE, wo sie als Lektorin tätig ist. Ihr Job ist es unter anderem, Manuskripte aus dem Ausland zu sichten und ein Gutachten zu schreiben, ob es sinnvoll wäre oder nicht, einen Roman in das Verlagsprogramm aufzunehmen.

Heute kümmert sie sich um einen Krimi, der aus Italien kommt. Der Titel ist „Una giornata al caldo delle scimmie", was so viel wie „Ein Tag in Affenhitze" heißen soll.

Sie tippt ihre Rezension:

„Liebe Leserinnen, liebe Leser,

von Adriano Browser wollte ich schon lange ein Buch lesen. Ich hatte von seinem Psychothriller ‚Una giornata pericolosa al fiordo con tre lucertole' (Ein gefährlicher Tag am Fjord mit drei Eidechsen) gehört und viele begeisterte Rezensionen darüber gelesen.

‚Wow', dachte ich. ‚Das ist ein italienischer Autor, den ich mir merken muss!'

Das Buch ‚Una giornata pericolosa al fiordo con tre lucertole' habe ich bis heute nicht gelesen, aber als ich die Möglichkeit hatte, sein neuestes Werk ‚Una giornata al caldo delle scimmie' zu lesen und zu rezensieren, wollte ich das unbedingt machen. Eine gute Idee? Lest selbst!

Über den Autor Adriano Browser konnte ich in Erfahrung bringen, dass er Italiener ist und 1981 in Turin geboren wurde.

2018 veröffentlichte er seinen ersten Thriller ‚Una giornata pericolosa al fiordo con tre lucertole‘ und landete einen Bestseller in Italien. 2019 folgte sein zweiter Roman ‚In viaggio attraverso la Nuova Zelanda con tre lumache‘ (Unterwegs durch Neuseeland mit drei Nacktschnecken), der ebenso zum Bestseller avancierte.

‚Una giornata al caldo delle scimmie‘ ist sein dritter Roman, der ebenso ganz oben auf der italienischen Bestseller-Liste steht.

Der Autor ist verheiratet, hat drei Kinder und wohnt in der Nähe von Florenz.

Worum geht es in dem Buch?

Der Affenmörder geht um. Und das schon seit Jahren. Er bringt kleine Babyaffen in Namibia um und markiert seine Leichen mit roten Salatblättern.

Lange weiß die Polizei nicht, wer der Mörder ist. Dann wird ein Verdächtiger festgenommen, der Professor an der Affenhochschule in Genf Mario Lungazone.

Seine Tochter Gigliola ist sich sicher: Ihr Vater ist nicht der Mörder. Sie versucht, seine Unschuld zu beweisen und will den wahren Mörder finden. Einen Verdacht hat sie schon – und so verfolgt sie einen Mann zusammen mit ihrer Freundin Leona. Beide begeben sich in Lebensgefahr. Außerdem ist es sehr heiß draußen, eine Affenhitze hat Namibia fest im Griff.

Meine Meinung zu dem Buch:

Der Plot klingt spannend – und so erwartete ich einen raffinierten Krimi mit Pageturner-Qualitäten. Der Schreibstil des Autors gefällt mir, die Handlung lahmt allerdings ziemlich. Ich hatte oft Mühe, mich zu motivieren, das Buch weiterzulesen.

Die Ich-Erzählerin Gigliola ist sympathisch, die Nebenfiguren Leona, Giacomo, Benedetto und andere werden nur kurz angerissen. Alle sind auf der Suche nach dem Mörder. Das zieht sich oft in die Länge. Gigliola und ihre Freundin Leona verfolgen jemanden, Leona wird verletzt und verschwindet von der Bildfläche, es gibt merkwürdige Ereignisse in einer Höhle und so weiter.

Es dauert immer ziemlich lange, bis in der Handlung etwas Neues passiert. Und das, was passiert, ist nicht spannend.

Ich lese Gigliolas Überlegungen, zwischendrin unterbrochen von Interviews, Tagebucheinträgen der jungen Gigliola und Gedanken ihres Vaters.

Manchmal gefielen mir diese Unterbrechungen, weil sie überragend geschrieben sind. Manchmal fand ich aber, dass sie die Handlung unnötig in die Länge ziehen.

Was die Interviews anbelangt, wusste ich lange nicht, warum sie in dem Buch stehen. Erst zum Schluss erschloss sich mir der Sinn.

Ich habe das Buch gelesen, um zu wissen, wer der wahre Mörder ist. Der Schluss hat mich, wie das ganze Buch, wenig überrascht.

Fazit: Ich bin enttäuscht von dem Buch. Ein Thriller ist es nicht und auch kein raffinierter Kriminalroman. Ich erfahre viel über eine Person, nämlich die Hauptfigur Gigliola. Aber das reicht mir nicht aus, um das Buch weiterempfehlen zu können. Ob ich noch weitere Bücher von Adriano Browser lesen werde, weiß ich noch nicht.

2,5 von 5 Sternen und keine Weiterempfehlung."

Beatrice lässt ihre Rezension in dreifacher Ausfertigung ausdrucken und legt die Seiten fein säuberlich auf den Schreibtisch. Jeweils ein Exemplar wird sie morgen den beiden Cheflektoren überreichen, das dritte Exemplar wird sie in einen Ordner mit dem Titel „Rezensionen und Vorschläge" abheften.

Müde packt sie anschließend ihre Sachen in einen Rucksack, beißt noch in eine Karotte, die neben ihrem Schreibtisch liegt – und hoppelt zur U-Bahn.

Ihr Freund wird sich sicherlich fragen, warum sie so spät nach Hause kommt.

7. Kapitel

Hase Jean-Richard wacht auf – fit und erfrischt. Er hat die Kontaktanzeige aufgegeben – das hat sein Leben mit Spannung angereichert. Knisternder Spannung. Wie schön doch das Leben sein kann, wenn man auf einmal ein konkretes Ziel verfolgt!

Selbst sein Penis – von ihm liebevoll „Macker" genannt – reagiert auf einmal ganz anders. Viel besser. Hase Jean-Richard reibt und reibt daran, bis sein „Macker" steil in die Höhe steht. Das tut gut, so gut. Es fühlt sich schon beinahe an, als ob weiche Häsinnenpfoten daran reiben, erfüllt ihn mit derselben Erregung, die er schon beinahe vergessen hatte.

Schließlich erreicht Hase Jean-Richard seinen sexuellen Höhepunkt und fängt die Spuren in einem alten Salatblatt auf.

Nach diesem morgendlichen Orgasmus fühlt sich Hase Jean-Richard besser – wohin ist die ansonsten eintretende Schlappheit entschwunden? Na, egal.

Zur Belohnung sprüht er seine Blume mit einem nach frisch gemähtem Gras duftenden Deospray ein.

Alles scheint heute besser, heller, fröhlicher zu sein. Die Arbeit als Stadtführer bereitet Hase Jean-Richard wieder mehr Spaß – flink bearbeitet er Anfragen von Touristen im Computer der Pariser Tourismuszentrale. Auch die ge-fürchtete Wildkaninchen-Kollegin Sandrine mit ihrer spit-zen Zunge ist plötzlich leichter zu ertragen. Eine reizvolle Kaninchendame, aber warum ist sie stets so zickig? Wie sie wohl reagiert, wenn man ihr richtig an den Schwanz fasst?

Aber Hase Jean-Richard hat sich in der Gewalt. Für solche Eskapaden müsste er Sandrine abends zum Gurkenessen mit stillem Wasser einladen, nach dem Genuss einiger Sauerkirschen als Dessert könnte man dann in seinen oder ihren Bau aufbrechen.

Außerdem möchte er doch erst einmal abwarten, wer auf seine Anzeige antwortet. Vielleicht braucht er sich dann nie wieder zu überlegen, wie er sich an Sandrine „ranschmeißen" kann.

Um zehn Uhr erscheint eine Reisegruppe aus Südkorea, um sich Broschüren über Paris zu holen. Die Kaninchen der Rasse „Rote Neuseeländer" sind extra aus Seoul angereist. Den Spaziergang, den Hase Jean-Richard heute alleine mit Hilfe eines Stadtplans durchführen soll, hat die Firma FOU PANG, zu der diese geschäftigen koreanischen Kaninchen gehören, gebucht. Bevor sie durch einige Stadtviertel flanieren, sollen sie erst mal einige Filme und Dias über Paris sehen.

„Jean-Richard, deine Koreaner sind da!", flötet Hirlande Ulysse, die die Telefonanlage bedient, durchs Telefon.

„Danke! Ich komme gleich!" Hase Jean-Richard ist aufgeregt, legt den Hörer auf die Gabel und prüft noch einmal seine Krawatte vor dem Garderobenspiegel. Heute trägt er eine, die die Kirche Sacre-Coeur zeigt. Diese hat er schon öfters zur Schau gestellt, und Sandrine meinte sogar einmal gehässig:

„Ich habe den ganzen Tag nur auf deine Krawatte gesehen – sie sieht weit besser aus als du!"

Na ja – mit solchen Bemerkungen muss man in seiner Position von Sandrine „Spitzmaul" – wie er sie insgeheim betitelt – rechnen.

Zum ersten Mal wird er koreanische Kaninchen betreuen. Angst verspürt er keine, aber genug Aufregung. Seine Vorgesetzten haben ihm noch allerhand Ratschläge eingeimpft, wie zum Beispiel:

„Lassen Sie die Koreaner nur nicht den DVD-Spieler anfassen – das erhöht den Wert unseres Unternehmens!"

Oder: „Händigen Sie keine DVDs oder Stadtpläne schon jetzt an die Kaninchen aus – solche Dinge können die Kunden kurz vor dem Spaziergang kaufen und nicht vorher!"

Gut – Hase Jean-Richard scheint hervorragend gewappnet, die Krawatte sitzt perfekt, das Fell liegt sauber gekämmt auf dem zu dicken Hasenkörper. Die Löffel stehen aufrecht, das verleiht ihm den Anschein von Wachsamkeit und höchster Konzentration.

Die Anzugjacke knöpft er noch hastig im Aufzug zu – das wirkt schicker.

Er federt locker aus dem Aufzug und begrüßt die vier lächelnden Asiaten-Kaninchen, die ihm eifrig ihre Pfoten entgegenstrecken.

„Guten Morgen – good morning! Hatten Sie eine angenehme Reise – did you have a nice trip?"

"Ja – yes!" Die Koreaner nicken eifrig wie Marionetten und zücken ihre Visitenkarten. Der Austausch von Visitenkarten ist in Asien und bei asiatischen Besuchern beinahe ein Ritual – auch Hase Jean-Richard besitzt jetzt schon eine bunte Sammlung.

Sie schreiten in den Filmsaal – Hase Jean-Richard läuft entspannt neben seiner Reisegruppe her und erntet bewundernde Blicke anderer Mitarbeiter des Tourismusbüros. Tja – seine Reisegruppen hat Hase Jean-Richard gut im Griff – nur mit den Häsinnen hapert es bisher.

Tief atmet Hase Jean-Richard durch und steht schließlich vor dem DVD-Abspielgerät, das den Koreanern einen Film über Paris mit koreanischen Untertiteln zeigen soll.

Herr Park, eines der koreanischen Männchen zückt erwartungsvoll seine „Pentax 3000" mit dem Super-Zoom-Objektiv.

„No – no photos please! Nein, keine Fotos bitte!" Forsch hält Hase Jean-Richard seine Hand auf die Kamera.

„Why not? – Warum nicht?" Der Koreaner scheint hartnäckig.

Ja – warum nicht? Vor lauter guten Ratschlägen hat sich Hase Jean-Richard keinen plausiblen Grund einfallen lassen. Bevor er sich versieht, hüpft das koreanische Kaninchen-Männchen in der Pariser Tourismuszentrale herum und schießt ein Foto nach dem anderen.

„This is very interesting for us – das ist sehr interessant für uns!", so lautet seine Begründung für das Blitzlichtgewitter, und Hase Jean-Richard hofft, dass der Chef oder einer der Vorgesetzten nichts bemerkt haben.

Jean-Richard stellt den DVD-Player an, der eine amerikanische Hasen-Reisegruppe zeigt, die sich den wunderbaren Eiffelturm, die historische Kirche Notre-Dame und das beeindruckende Kunstmuseum „Louvre" ansieht. Alles mit koreanischen Untertiteln.

Alles läuft prächtig – die koreanischen Kaninchen haben sich mit offenen Mäulern auf bequeme Klappstühle gesetzt. Ab und zu tauschen sie Bemerkungen aus – in Koreanisch, einer Sprache, die Hase Jean-Richard nicht versteht.

Herr Park spricht am besten Englisch und übersetzt das meiste der Unterhaltung seinen ständig lächelnden Kollegen.

„A plan of the city, please! Könnten wir einen Stadtplan von Paris bekommen, bitte?" Da ist die gefürchtete Frage, diesmal aus dem Mund von Herrn Bung, der bisher nur wenig gesagt hat.

Hase Jean-Richard schluckt. Was soll er sagen? Bisher durfte jeder Tourist einen Stadtplan bekommen, wann er ihn haben wollte – warum die Koreaner nicht?

„Ich habe gerade keine da", entschuldigt sich Jean-Richard. „Aber in der Nähe des Eiffelturms ist eine unserer Filialen. Dort bekommen Sie selbstverständlich einen."

„Nein – wir möchten jetzt einen Stadtplan haben!" Herr Bung bleibt hartnäckig, und seine Kollegen bekräftigen ihn eifrig nickend.

Hase Jean-Richard organisiert zähneknirschend einige kopierte Stadtpläne. Der Kunde ist König, so heißt es doch immer, und Hase Jean-Richard fallen auch keine Ausflüchte mehr ein. Diese „Roten Neuseeländer" scheinen von ihrer Firma in Korea perfekt geschult zu sein.

8. Kapitel

Jetzt sind sie zu fünft – Herr Park, Herr Choi, Herr Lee, Herr Bung und Jean-Richard. Hase Jean-Richard hat kein Problem damit. Immerhin ist er ein erfahrener Tourismushase.

Wohin wollen sie mit der U-Bahn fahren? Hase Jean-Richard schlägt den Louvre, das große Kunstmuseum, vor. Da ist man mitten in der Stadt und kann zur Prachtstraße „Champs Elysées" hoppeln. Seine Reisegruppe ist entzückt.

Aber zuerst einmal müssen sie die U-Bahn-Station erreichen. Es gibt viel Verkehr, obwohl sie hier in einem Pariser Vorort sind. Die Straße überquert man in Paris am besten nur dort, wo es Fußgängerampeln gibt. Ansonsten rennt man um sein Leben. Vertrauensvoll über einen Fußgängerüberweg zu gehen, bei dem es keine Ampel gibt, ist lebensgefährlich in Paris. Die Autos halten dort nämlich meistens nicht. Wenn jemand hält, dann ist das ein deutsches Auto. Fußgängerüberwege sind nur zur Zierde da in Paris, weil sich sowieso niemand daranhält.

Das war schon immer so, seitdem Jean-Richard in Paris wohnt, das hat sich bisher nicht geändert – und es wird sich wohl nie ändern.

Die U-Bahn-Haltestelle „Porte d'Italie" erreichen sie in zehn Minuten. Hier ergibt sich ein weiteres Problem für Leute und Tiere, die nicht französisch sprechen. Ein U-Bahn-Ticket ist mit Hilfe eines Drehhebels zu bekommen, den man so einstellt, damit man das richtige Ticket bekommt. Danach wirft man 1,10 Euro in einen Schlitz. Mit einer solchen Fahrkarte kann man im Zentrum von Paris so lange um-herfahren, wie man will – man kann auch beliebig umsteigen -, bis man eine U-Bahn-Station verlässt und nach oben – auf eine Straße kommt. Dann verliert die Fahrkarte ihre Gültigkeit.

Herr Choi brennt darauf, seine Französischkenntnisse vor Ort zu praktizieren. Er ist von nun an passionierter U-Bahn-Fahrkartenlöser und löst alle U-Bahn-Karten, die sie jemals brauchen werden – außer der von Jean-Richard. Er löst sich seine selbst.

In ungefähr einer halben Stunde sind sie am Louvre, es ist gegen zehn Uhr, sie sehen die Pyramide des Louvre im Sonnenlicht blitzen, und sie sehen den Altbau des Louvre. Ein tolles Museum mit vielen Gemälden, wenn man Zeit dafür hat.

Hase Jean-Richard war schon oft drin, er stand schon vor der Mona Lisa, die hinter Glas untergebracht ist, mit einer speziellen Alarmanlage davor.

Nach zwei Stunden Herumhoppeln haben Hase Jean-Richard und die vier Koreaner so viele Bilder gesehen, dass sie nicht mehr fähig sind, neue Eindrücke und neue Bilder in sich aufzunehmen, und den Louvre verlassen.

Es empfiehlt sich, ab 15 Uhr in den Louvre zu gehen, dann ist der Eintrittspreis nur noch halb so hoch. Allerdings sollte man sich – wie bei anderen Sehenswürdigkeiten in Paris – auf lange Warteschlangen vor den Kassenhäuschen einstellen.

Am besten nimmt man sich ein Buch mit, wenn man in der Schlange steht, um die Wartezeit mit Lesen zu überbrücken.

Anschließend springen sie durch den Park „Jardin des Tuileries" über den Place de la Concorde (Concorde-Platz) zur berühmten Straße Champs Elysées. Das Wetter ist schön warm, warum soll man das nicht ausnutzen? Außerdem haben sie Hunger und suchen nach einem Restaurant.

Am Beginn der Champs-Elysées gibt es viele Bäume – und einige Cafés und Restaurants. Auch Straßenverkäufer. In einem Café setzen sich Jean-Richard und seine Reisegruppe auf klapprige Metallstühle und sind entsetzt über die Preise. Da verlangt man für ein Glas Mineralwasser (0,2 Liter) tatsächlich 5,50 Euro!

Herr Bung würde sich für eine bestimmte Suppe interessieren, aber die anderen interessieren sich nach der Lektüre der Speisekarte und der Preise für nichts mehr in diesem Café, verlassen die klapprigen Stühle und machen sich weiter auf die Suche nach etwas Essbarem.

Per Zufall finden sie eine Pizzeria, deren Preise akzeptabel sind. Hase Jean-Richard bekommt so immerhin ein Mittagessen umsonst. Die Roten Neuseeländer klopfen ihm auf die Schulter – für sie ist es selbstverständlich, Jean-Richards köstliche Pizza mit Karotten, Petersilie, Brokkoli und Gurken zu bezahlen.

Bei einem Straßenhändler, der in einer Art Wohnwagen ein gutes Angebot an Schokoriegeln, Eis und Getränken hat und der auch Crêpes (das sind die ganz dünnen Pfannkuchen) selber macht, kaufen sie schließlich etwas zu essen und zu trinken für den Nachmittagskaffee.

Hase Jean-Richard bekommt einen halben Liter Wasser, ohne Kohlensäure, und einen Crêpe, gefüllt mit Paprika und Birnenschnipseln, für zusammen sieben Euro – das ist billig für Paris! Vor allem für die Champs-Elysées.

Billiger wird es also nicht, das merken sie, als sie die Champs-Elysées aufwärts hoppeln. Die Läden sind noch geöffnet – es ist jetzt circa 19 Uhr – und es gibt etliche Straßencafés. Und viele Passanten sind noch unterwegs, alle in sommerlicher Kleidung.

Hase Jean-Richard und seine koreanische Reisegruppe schlendern an Läden und Ständen vorbei, betrachten dies und jenes – und kaufen doch nichts, da alles recht teuer ist.

Sie hoppeln bis zum Triumphbogen, der am „Place d'Etoiles" liegt – dem Sternenplatz.

Dort stört lautes Rufen die Idylle:

„Unser Körper gehört uns – wir sind gegen Zwangsimpfungen", skandiert eine Querdenker-Gruppe der Kaninchenart Riesenschecken, die sich „The Walking Bread" (das laufende Brot) nennt, laut. Heute sind sie gegen Corona-Impfungen auf die Straße gegangen.

Einige Leute, Hasen und Kaninchen sind aufgeschreckt und schließen sich der Gruppe an. Andere flüchten und suchen einen Ort, an dem es ruhiger ist.

„The Walking Bread" verteilt etliche Prospekte mit Märchen rund um Impfungen, die nirgendwo belegt sind. Märchen eben. Dinge und Ereignisse, die sich jemand ausgedacht hat, um sich wichtig zu machen.

Zum Glück gibt es immer wieder U-Bahn-Stationen, und so beschließen Hase Jean-Richard und seine Reisegruppe, in der Nähe des Triumphbogens in eine U-Bahn zu steigen und ins Hotel, in dem die koreanischen Kaninchen untergebracht sind, zu fahren.

Wer in Paris mit der U-Bahn fahren will, sollte fit sein und gut laufen können. Für behinderte Personen und Tiere ist die U-Bahn nicht geeignet, ebenso wenig für Leute, die einen Kinderwagen haben.

Denn Aufzüge, die von der Straße zur U-Bahn-Haltestelle, tief in der Erde, führen, gibt es nicht – zumindest nicht an den U-Bahn-Haltestellen, die Jean-Richard kennt.

Man muss, um zu einer U-Bahn-Haltestelle zu kommen, meistens sehr viele Stufen hinunterlaufen. Hase Jean-Richard hat schon viel Bedenkliches an solchen U-Bahn-Stationen gesehen, beispielsweise junge Eltern, die wirklich Mühe mit den vielen Stufen hatten.

Die Mutter schleppte zwei Kinder die Stufen hinunter, der Vater schleppte den Kinderwagen. Viele Menschen und Hasen stöhnen über die vielen Treppenstufen.

Es scheint, als habe Paris nichts gelernt und nicht gesehen, dass unbedingt Aufzüge gebaut werden sollten.

Wie also kommen Familien und behinderte Personen in Paris von A nach B? Hase Jean-Richard hat sich darüber schon oft Gedanken gemacht.

Wahrscheinlich nehmen sie ein Taxi.

Und was macht eine Mutter mit einem Kinderwagen, die zu einer U-Bahn-Station kommen will, aber keinen Vater hat, der den Kinderwagen die Stufen hinunterschleppt? Sie muss sich von hilfsbereiten Leuten helfen lassen.

Hase Jean-Richard freut sich zum wiederholten Male, dass er als Hase keinen Kinderwagen schieben muss.

9. Kapitel

„Na, wie geht es?“, begrüßt ihn Charles munter. „Wie fühlst du dich?“

„Gestresst, aber ganz in Ordnung!“, antwortet Hase Jean-Richard nur zu ehrlich und bemerkt, dass er seine abenteuerliche Kontaktanzeige beinahe vergessen hat. Kurz erzählt er seinem Freund den heutigen Ausflug zum Louvre und die Suche nach einem preisgünstigen Restaurant.

„Ruh' dich daheim aus und schaue ein bisschen fern! Vielleicht einen Film oder eine gute Dokumentation:in. Das hilft mir auch immer!“, rät Charles, und Hase Jean-Richard ist froh, dass er einen solch besorgten Freund gefunden hat.

„Wir reden noch ausführlicher miteinander!“, verspricht er ihm und wird vom Straßengewirr verschluckt.

Vor der Klappe seines Kellerstalls bemerkt er, dass diese unverschlossen ist. Nanu – ist jemand während seiner Abwesenheit hier eingebrochen?

Nein, es ist Lysann-Claudette, die sich bei Erdnüssen und einem Glas Sekt vor dem laufenden Fernsehgerät in Jean-Richards Lieblingssessel räkelt.

„Na – überrascht?", meint sie pfiffig und bietet ihm auf seiner eigenen Couch einen Platz an.

„Lysann-Claudette, was machst du hier?"

Verblüfft starrt er sie an, als sei sie eine Fata Morgana. Ihre schlanken Pfoten stecken in verführerischen Seidenstrumpfhosen.

„Sie sieht immer noch gut aus – verdammt gut aus!", denkt er, und sein Blick gleitet von den erotischen Seidenstrumpfhosen über die mintfarbene Kurzjacke bis hin zu ihrem Hasengesicht, das keck von ein paar schwarzen Fellstoppeln umrahmt wird.

„Ich hatte noch deine Wohnungsschlüssel!" Grinsend zieht sie ein Schlüsselbund aus ihrer Handtasche, wedelt damit vor Jean-Richards Nase hin und her, löst einen der Schlüssel und übergibt ihn artig Jean-Richard.

„Danke!" Er ist gerührt. „Ich hatte – ehrlich gesagt – vergessen, dass du noch einen Schlüssel von mir hast!"

„Weil du hoffnungslos bist!", bemerkt sie spitz und nippt an ihrem Sektglas. „Du würdest es wohl nicht einmal mitbekommen, wenn du einen deiner Schlüssel verlierst!"

Hase Jean-Richard schweigt, weil er weiß, dass sie ein wenig Recht hat. Ein wenig nur – denn er fühlt sich als Mann in einer stärkeren Position, in der er sich mehr Entgleisungen leisten darf.

Sollte er allerdings eine Häsin für immer an sich binden wollen, muss er diese Meinung ablegen – schießt ihm auf einmal durch den Kopf. Und plötzlich sieht er Lysann-Claudette mit anderen Augen. Irgendwas hat sie noch vor – sonst würde sie jetzt auf Nimmerwiedersehen abhauen.

Aber sie scheint auf dem Sessel festzusitzen wie angeklebt.

„Kann ich sonst noch etwas für dich tun?", fragt er höflich.

„Ja – ich lieh dir vor einigen Wochen meine ,Smokie'-CD aus. Weißt du noch? Die möchte ich gerne wiederhaben!"

„Smokie? Die sind absolut nicht mein Musikgeschmack! Sicherlich irrst du dich!"

„Ich habe sie bei dir gefunden!" Triumphierend hält Lysann-Claudette die CD der Teenie-Gruppe, die besonders in den 1970er-Jahren populär war, in die Höhe. „Du bist wirklich eine hoffnungslose Krämerseele!"

Hase Jean-Richard beginnt wieder zu schwitzen. Diese Häsin hat Recht, sie durchschaut ihn total, sie kennt ihn zu gut.

Und sie erregt ihn noch immer.

---

10. Kapitel

Was jetzt passiert, geschieht ganz schnell – ist fast schon Routine. Lysann-Claudette sitzt da – erotisch, anziehend. Sie zittert leicht, und ihr Fell zittert auch. Plötzlich ist Hase Jean-Richard auf ihr, berührt sie, streicht beruhigend über ihr Fell und greift mit einer Vorderpfote in die Öffnung unterhalb ihres Schwanzes.

Vorsichtig führt er seine Pfote ein und rührt in warmer Feuchtigkeit herum, badet seine Pfote in Scheidenflüssigkeit, während Lysann-Claudette wohlig grunzt.

Die andere Pfote reizt ihre Blume, spielt mit ihr herum.

„Sie will es – sie spricht immer noch auf mich an", denkt er verwirrt und macht einfach weiter.

„Du liebe Zeit – ich reagiere immer noch auf ihn", denkt Lysann-Claudette beinahe verzweifelt, genießt aber gleichzeitig seine gierigen Pfoten in und auf ihr.

„Willst du es – jetzt?", fragt Jean-Richard, um sich zu vergewissern, ob er auch das Richtige tut. Vergessen sind die Streitereien gegen Schluss ihrer Beziehung.

„Ich denke schon." Zögernd kommt ihre Antwort, aber ihre Reaktionen sprechen eine andere Sprache.

„Okay." Er steht auf und hoppelt mit ihr zu seiner Ruhekiste.

Der Fernseher plärrt noch im Hintergrund – Björn-Hergen Nimmhase unterhält sich in „Was bin ich?" mit einer Hutmacherin, nachdem sein vierköpfiges Team den Beruf erraten hat. Aber das ist jetzt egal.

Lysann-Claudette legt sich in das ungelüftete Stroh, und Hase Jean-Richard massiert langsam ihr Fell. Er weiß genau, wie er vorgehen muss.

Lysann-Claudette ist so einfach zu bedienen wie eine Maschine. Erst erregt er ihre Unterseite mit Küssen und Streicheln, anschließend knabbert er leicht an ihren Löffeln und dann gleitet seine Pfote in ihre Geschlechtsöffnung.

Warme Flüssigkeit umgibt ihn, während er versucht, Lysann-Claudette mit seiner Pfote zu erregen. Anschließend schiebt er schnell sein Geschlechtsteil in sie und versucht, es mit wippenden Bewegungen zum Orgasmus zu bringen.

Oh, welch süßes, wohliges Rammeln!

Anschließend ist sie erschöpft und kritisiert nicht seinen „Macker", der nicht immer so will, wie er es will.

Ihre Einkaufstaschen mit Karotten, Gurken und Salat liegen verstreut auf dem grünen Teppichboden.

„Ich wollte eigentlich nur meine CD holen", meint sie schwach, bevor er sie wieder in die linke Brustwarze beißt.

„Aua – bitte nicht so stark!", jammert sie.

„Früher warst du nicht so zimperlich!" Triumph schwingt in seiner Stimme. Die gute Lysann-Claudette hat nachgelassen, will er denken. Aber sie packt seinen „Macker" und zieht provozierend daran.

„Bitte, Lysann-Claudette, benimm dich! Ich bin auch jetzt ganz sanft zu dir!" Seine Pfoten prüfen, ob ihre Scheide feucht ist. Damit dieser Tag noch ein gutes Ende nimmt, will er seine Ex-Freundin befriedigen.

„Du lässt wohl nicht locker, was?" Ironisch kommen die Worte, aber sie hält jetzt still. Er beißt und saugt an ihren Warzen, seine Lippen umkreisen ihre Brustwarzen, während sich sein Geschlechtsteil immer schneller in ihrer Scheide bewegt. Wieder kommt er in Übung, rammelt, rammelt, rammelt – er könnte ewig so weitermachen.

Und Lysann-Claudette erreicht ihren sexuellen Höhepunkt und quietscht voller Ekstase.

„Danke!", meint sie schließlich erschöpft und betrachtet ihre Brustwarzen. „Ich hatte einen tollen Orgasmus! Aber, was ist mit dir?"

Er fummelt an seinem „Macker" herum, der auf einmal klein und schlaff nach unten baumelt.

„Mein ‚Macker' braucht noch eine kleine Aufwärmphase – danach wirst du ihn allerdings nicht wiedererkennen!" Schnaufend zieht und knuddelt er seine Männlichkeit, aber das Ding will nicht richtig steif werden.

„Lass mich mal machen!", bietet sich Lysann-Claudette an, schließt sanft ihre Hände um den „Macker" und reibt ihn. Er wird fester als vorhin, ist aber immer noch zu schlaff für den richtigen Orgasmus.

„Ich probiere es trotzdem!" Hase Jean-Richard will nicht aufgeben und stößt langsam in Lysann-Claudettes Öffnung. Ihm fällt wieder das DVD-Abspielgerät ein. Einige Szenen im Film wurden nicht richtig getroffen – der Film wirkte abgehackt. Aber er verwirft den Gedanken wieder. Total unpassend im Moment! Warum verfolgt einen die Arbeit bis hin zum Orgasmus?

Lysann-Claudette hilft Jean-Richard, aber kurz vor dem „Eingang" rutscht der „Macker" kläglich aus.

Sie probieren es noch eine Weile, aber es will nicht funktionieren.

„Mit deiner Pfote bist du hervorragend – mit deinem ‚Macker' aber oft hoffnungslos!" Lysann-Claudette schüttelt den Kopf und schlüpft hastig in ihre Kleider. „Adieu, Jean-Richard, ich suche einen richtigen Hasen – mit einem kompetenten ‚Macker'! Danke für meine CD!"

Zynisch präsentiert sie ihm nochmals die „Smokie"-CD und entschwindet dann aus seinem Stall. Klack – die Klappe fällt zu, und Hase Jean-Richard bleibt zurück wie ein begossener Pudel.

Vielleicht hätte er Lysann-Claudette gestehen sollen, dass er heute Morgen einen tollen Orgasmus genossen hat und deswegen also sein „Macker" absolut fähig ist! Aber er getraute sich nicht.

Béatrice Chanterelle stürmt am Feierabend in den Apartment-Stall, den sie zusammen mit ihrem Freund Maxim bewohnt. Beinahe fliegt sie über viele Kisten.

„Was stellst du mir in den Weg!", bellt sie. Die gute Laune ist schon wieder verflogen.

Maxim hämmert verbissen in seinen Computer, hält ab und zu fasziniert inne, um zu sehen, welche Informationen er jetzt abrufen kann. „Surfen im Internet" nennt man das, und Maxim steckt momentan auf einer Seite mit Informationen über die Armenische Salattorte.

„Warum maulst du wieder am frühen Feierabend? Hattest du wieder Ärger mit deinem Chef?", meint er beinahe scheinheilig.

„Nein. Ich kam mit glänzender Laune hierher – und fliege überraschend über diese dämlichen Pappkisten!“

„Ach – sie enthalten nur meine Ausdrucke mit Informationen zum Thema ‚Paris – Stadt der internationalen Überraschungen‘. Ich wollte sie vorhin in den Keller räumen – aber irgendwie habe ich das vergessen!“

„Du und deine blöde Unordnung! Wahrscheinlich soll ich diesen Papierkram jetzt in den Keller räumen. Warum hebst du diese Zettel überhaupt auf?“ Sprudelnd kommen Béatrices‘ Vorwürfe. „Das Zeug ist doch schon fünf Jahre alt. Was willst du noch damit? Es ist völlig überholt!“

„Ja, Schatz!“, versucht Maxim einzulenken. Warum nur muss seine Freundin so aufbrausend sein? „Aber es kann doch sein, dass ich diese Ausdrucke irgendwann für mein Projekt brauche!“

„Irgendwann? Du bist komplett verrückt! Du hast sie in den letzten Wochen nicht mehr angesehen – also wirst du sie *nie wieder* verwenden – verstehst du mich?“

Maxim nickt. Er versucht ja sein Bestes, sie zu verstehen. Aber immer will ihm dies nicht gelingen. Der Computer ist nun einmal seine Leidenschaft. Andererseits liebt er Béatrice immer noch abgöttisch. Sie hat ja Recht mit den Vorwürfen wegen seiner Ordnungsliebe, die nicht existiert. Er hebt gerne alles auf – in der Hoffnung, alles noch irgendwann verwenden zu können.

Sie dagegen ist ständig am Aufräumen und Wegwerfen – und besitzt nur das Allernotwendigste, weil Maxims Kram in ihrem Stall schon genug Platz verschlingt. Jahrelang verlor sie kein Wort darüber, duldete seine Unordnung stillschweigend. Aber langsam reißt ihr der Geduldsfaden – genauer gesagt, seitdem er immer mehr Zeit vor dem Computer, im Internet, verbringt. Dadurch leidet ihre Liebesbeziehung – im Moment sind sie nur noch eine Zweckgemeinschaft. Eine Zweckgemeinschaft zweier Kaninchen, die miteinander wohnen – der einstige Zauber ihrer Beziehung ist verflogen wie Staub im Wind.

Dabei hat er einen guten Job. Einen Job, um den ihn viele beneiden.

Das Löwenkopfkaninchen-Männchen Maxim ist ein Schriftsteller und Übersetzer, der seit 2021 als Stadtschreiber in Paris tätig ist. Er wurde in Bern in der Schweiz geboren und studierte Literaturwissenschaft und Geschichte an der Universität in Zürich.

Maxim veröffentlichte seine ersten Gedichte im Alter von 14 Jahren und hat seitdem zahlreiche Gedichtbände veröffentlicht. Sein Schreiben ist geprägt von einer intensiven Auseinandersetzung mit der kanadischen, französischen und europäischen Kulturgeschichte und der Psyche des Menschen.

Neben seiner Arbeit als Schriftsteller ist Maxim auch als Übersetzer tätig und hat viele Werke ins Französische übersetzt.

Als Stadtschreiber in Paris plant Maxim verschiedene Veranstaltungen und Projekte, um die lokale Literaturszene zu fördern und den kulturellen Austausch zwischen Frankreich, Deutschland und der Schweiz zu unterstützen. Dabei arbeitet er eng mit lokalen Künstlern und Autoren zusammen und hält auch Lesungen und Vorträge.

Die Stadt zahlt ihm ein Jahr lang die Miete für den Bau, den er mit Beatrice teilt, sowie ein festes Gehalt von 1.500 Euro im Monat.

Als Abschluss dieser Tätigkeit als Stadtschreiber plant Maxim ein dreibändiges Werk zum Thema „Paris – Stadt der internationalen Überraschungen." Sozusagen als Beleg dafür, dass er als Stadtschreiber tätig war.

Aber Béatrice hat allmählich die Nase voll.

„Ihm werde ich's zeigen!", hat sie sich geschworen und stöbert seither im Anzeigenteil aller möglichen Zeitungen. Die Anzeige, die sie heute in der Mittagspause las, amüsierte sie bisher am meisten:

„Biete bemanntes Sofakissen." Eine Anzeige, die jedermann zum Lachen – aber auch gleichzeitig zum Antworten reizt.

Wer verbirgt sich dahinter? Béatrice wird es hoffentlich herausfinden, denn gleich nach der Mittagspause hämmerte sie einen netten Brief in den Computer an ihrem Arbeitsplatz. Einen Brief an „Mr. Nobody" oder das „Sofakissen", den sie auch gleich abschickte.

Jetzt bleibt abzuwarten, ob sich eine Reaktion zeigt.

Im Moment allerdings ärgert sie sich wieder über Maxims Chaos – warum kann aus diesem Hasen nie ein ordnungsliebendes Nagetier werden?

In der Küche stolpert sie beinahe über die „Braune Tonne" und flucht laut. Die „Braune Tonne" soll helfen, die Umwelt zu schonen – sie bestückt man mit Bananenschalen und Ananasresten, Kirschkernen und Orangenschalen und anderen organischen Reststoffen. Eine gute Erfindung, allerdings sehr unpraktisch, wenn man Ordnung halten will.

Béatrice seufzt. Nein, für die „Braune Tonne" kann Maxim nichts, aber trotzdem muss sie ihn umerziehen, wenn ihre Beziehung nicht im Chaos enden soll.

Heute Abend könnte sie wieder stundenlang aufräumen – vorwiegend Maxims sorglos verstreute Sachen. Aber sie hat keine Lust dazu. Schon lange fehlt ihr ein richtiger Orgasmus, weil Maxim keine Zeit mehr hat. Wichtig scheint für ihn nur, dass er schnell befriedigt wird. Dass sie dabei zu kurz kommt, berührt ihn kaum.

Béatrice holt sich zwei lange Karotten und legt eine Gurkenscheibe und drei Weintrauben darauf. Ordentlich platziert sie dieses Abendessen auf einem weißen Porzellanteller und stolziert damit ins Wohnzimmer. Maxim hängt immer noch wie gebannt vor dem Computerbildschirm und surft in einem Programm des Europäischen Parlaments.

„Interessant, was in Straßburg angeboten wird. Und das alles kann man über das Internet abrufen! Schon toll!"

„Maxim?" Béatrice geht gar nicht auf Maxims Bemerkung ein, sie weiß selbst, welche Möglichkeiten das Internet bietet. Aber dass es ihr ihren Freund raubt, geht zu weit.

„Hast du vielleicht mal wieder Zeit für mich?" Ihre Stimme klingt zuerst leise, wird dann aber lauter, als Maxim nicht sofort reagiert.

„Was sagst du da?" Maxim schüttelt ungläubig den Kopf. „Ich habe doch immer Zeit für dich!"

„Du lügst! Seitdem du an das Internet angeschlossen bist, hast du für nichts mehr Zeit! Selbst unser Liebesleben ist zum Stress, zur Routine geworden!"

„Wirklich?" Seine Augen blicken auf einmal zweifelnd. Er dreht sich um und hoppelt auf sie zu. Dann schließt er sie in seine Pfoten.

„Habe ich dich wirklich so sehr vernachlässigt, Liebling?" Er scheint es ehrlich zu meinen, drückt sie fest an sich, und wieder spürt sie sein warmes Fell und den sehnigen Körper. Dann presst er seine Lippen auf ihre – ein Kuss, wie sie ihn lange schon nicht mehr verspürt hat.

„Ach, Maxim!", seufzt sie. „So hast du mich schon lange nicht mehr geküsst!"

„Da habe ich wohl viel nachzuholen! Wirklich – es tut mir leid, Schatz!" Er erstickt ihre eventuellen Einwände mit einem neuen zärtlichen Kuss.

Seine Zunge gleitet sanft in ihr Geäse (Maul) – er schmeckt Karotten und Gurke und merkt, dass er heute Abend noch nichts gefressen hat. Sollte er allerdings jetzt diese Zärtlichkeits-Zeremonie mit Béatrice abrupt abbrechen, wäre die Wirkung verheerend. Also macht er einfach weiter.

„Du willst es heute – nicht wahr?", raunt er in ihre Löffel und steckt eine Pfote in ihre Blume.

Sie stöhnt:

„Ja – bitte. Ich will es jetzt – aber ausführlich!"

„Gut – aber lass mich erst einmal den Computer aus-
schalten!"

Sie nickt. Wenn das Ding aus ist, hat er mehr Zeit für sie,
denn er wird nicht abgelenkt.

Und heute Abend wird sie belohnt, nach so vielen Wochen. Er küsst und saugt und beißt, bis sie unten nass ist
und er in sie eindringen kann. Seine Bewegungen sind ausführlich, beinahe tänzerisch, und sie genießt jede Sekunde
dieses hinreißenden Orgasmus.

Jetzt fühlt sie sich großartig, schließt ihn in ihre Pfoten
und küsst ihn. So könnte sie ewig liegen bleiben. Und ihren
Brief auf die Kontaktanzeige hat sie beinahe vergessen.
Aber sie weiß, dass Maxims Zärtlichkeiten nur von kurzer
Dauer sind.

Schon morgen wieder wird er vom Computer verzaubert
werden und nicht von ihr. Schon morgen wieder wird sie
sich jede Zärtlichkeit, jeden Kuss von ihm erkämpfen müssen. Der Computer stellt wirklich einen ernsthaften Konkurrenten dar.

Aber sie weiß, wie sie vorgehen wird. Sie muss ihn neidisch machen – vielleicht mit Hilfe des „bemannten Sofakissens".

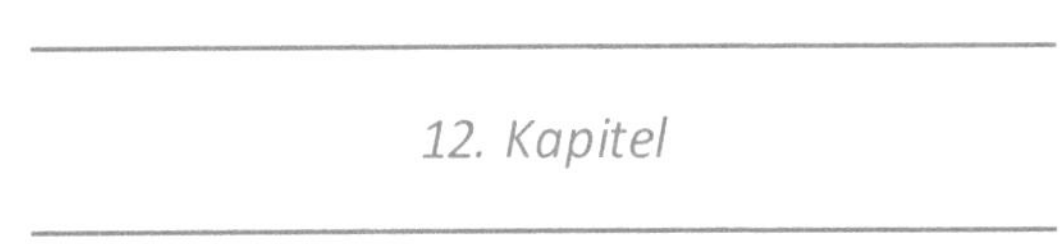

12. Kapitel

Gegen 8.00 Uhr genießt Hase Jean-Richard sein
Frühstück. Zwei Karotten und zum Nachtisch drei
Sauerkirschen.

Danach holt er die koreanische Reisegruppe von ihrem
Hotel ab. Er fährt mit der Métro dorthin.

Die Koreaner sitzen noch beim Frühstück. Sie können
aus einem reichhaltigen Büffet alles wählen, was das Na-

gerherz begehrt. Karotten in verschiedenen Größen, Gurken, Weintrauben, Birnen, Paprika, Brokkoli, Gräser aus verschiedenen Ländern und so weiter. Dazu köstliches Wasser.

Der Frühstücksraum erinnert Jean-Richard an ein Klassenzimmer.

Um 9.00 Uhr beginnt die Stadtrundfahrt. Aber zuerst mal müssen sie das koreanisch sprechende Reiseleiter-Kaninchen irgendwo in der großen Stadt Paris abholen. Bis der Busfahrer es findet, warten sie irgendwo in einer öffentlichen Grünanlage.

Hase Jean-Richard macht sich Gedanken über Herrn Bung und seine Kollegen. Er ist sich sicher, dass sie anschließend wieder zusammen etwas unternehmen werden. Was genau, das wird er sich überlegen, wenn sie die Stadtrundfahrt gemacht haben.

Der Reiseleiter ist da – ein „Deutsches Riesenkaninchen-Männchen", das schon lange in Paris wohnt und einige Zigaretten raucht. Arnaud Picard heißt es und fährt mit der Reisegruppe in den Stadtteil Marais.

Hase Jean-Richard ist darüber besonders entzückt. Er liebt diesen Stadtteil, er war schon mit all seinen verflossenen Häsinnen dort.

Dieser Stadtteil war im 17. Jahrhundert ein Wohnort für die armen Leute in Paris (weil „le marais" „Schlamm" heißt, und damals war dieser Stadtteil sehr schmutzig, es gab Moore und Sümpfe dort) – heute sind die Mieten dort utopisch, und der Stadtteil gilt als eine der besseren Wohngegenden – mit entsprechend teuren Preisen.

In Marais gibt es einige jüdische Läden, man sieht auch jüdische Kaninchen in schwarzen Fräcken und schwarzen Zylinderhüten herumhüpfen.

Sie verweilen an dem Place des Vosges (Vogesenplatz) vor dem Rathaus – dem „Hôtel de ville" (Achtung! „hôtel de ville" heißt tatsächlich „Rathaus" im Französischen und hat mit einem Hotel nichts zu tun!) – und hören die Geschichte dieses Stadtteils.

Außerdem erzählt Arnaud Picard die Story von einem Löwenmähnchen-Kaninchen-Männchen, das einst in den Urlaub flog und irgendwo im Freien einen Bau hatte – und als es wieder zurückkehrte, hatten während seiner Abwesenheit so viele Tauben seinen Bau als „Notdurft-Ablage-Stelle" benutzt, so dass der ganze Bau voller getrocknetem Taubenkot war, der Eingang war auch voll damit – und so musste dieser Freund erst mal ein Mittel finden, diese ganze Sauerei von seinem Bau zu entfernen, um ihn überhaupt betreten zu können.

Eine denkwürdige Geschichte, die sich Hase Jean-Richard merken wird und ihm zeigt: a) es gibt viele Tauben in Paris, b) gute Wohnmöglichkeiten für Hasen und Kaninchen sind rar.

Nach dem Spaziergang in Marais steigt die Reisegruppe in den Bus und fährt durch diverse Stadtteile – unter anderem St. Germain de Près (das ist ein Viertel, in dem viele Studenten wohnen) – ins Zentrum von Paris. Sie fahren vorbei am Louvre, sie fahren durch die Champs Elysées – und ihnen wird gezeigt, in welcher Seitenstraße sie zum Invalidendom kommen (dort ist Napoléon begraben, Hase Jean-Richard war schon oft dort), vorbei am Triumphbogen, sie fahren am Grand Palais (Großer Palast) vorbei und an verschiedenen Museen bis zum Palais de Chaillot (Chaillot-Palais – ein Palast, den Napoléon für seinen Sohn errichten ließ).

Sie fahren weiter zum Trocadéro. Dort steigen sie aus, und die Koreaner machen Fotos. Es gibt viele Stände dort mit Postkarten und Tüchern mit „Paris"-Aufdruck und weiteren Frankreich-Souvenirs. Von den vorderen Balkonen aus hat man einen wunderschönen Blick auf den Eiffelturm. Treppen führen hinab in Gärten, die „Jardins de Trocadéro" (Trocadéro-Gärten), man kann dort spazieren gehen und die Trocadéro-Brunnen bestaunen. Wasserspiele gibt es nachts dort.

Wie gesagt, zum Eiffelturm ist es nicht weit – ist man am Ende der Gärten angelangt, überquert man ein paar Straßen und schon ist man auf dem Gelände des Eiffelturms.

Die Reisegruppe jedoch steigt wieder in den Bus und fährt zur Seine-Insel „Île de la Cité", auf der die Kirche „Nôtre Dame" (ein Meisterwerk der Gotik, mit dem Bau wurde 1163 begonnen) steht. Diese Kirche konnte man bis circa 2019 besichtigen (sie war wunderschön!). Man konnte 387 Stufen hinaufsteigen und hatte von da aus auch eine tolle Aussicht auf Paris.

Leider wurde dieses tolle Bauwerk im Frühjahr 2019 durch ein Feuer stark zerstört und wird seitdem wieder aufgebaut. Vielleicht kann man Nôtre-Dame ab Anfang 2025 wieder so besichtigen wie vor dem Brand.

An der Kirche „Nôtre Dame" endet also die geführte Stadtbesichtigung.

13. Kapitel

Akribisch zählt Hase Jean-Richard seine koreanische Kaninchengruppe durch. Herr Park, Herr Choi, Herr Lee, Herr Bung. Alle sind anwesend. Und noch zwei Personen mehr! Die Gruppe hat Zuwachs bekommen.

Hase Jean-Richard stutzt:

„Sie gehören aber nicht zu unserer Reisegruppe. Haben Sie Ihre Reisegruppe verloren?"

Fragend schaut er das weiße Angora-Kaninchenpaar an, das vor ihm steht.

„Sorry, Sir!", meint der weiße Kaninchen-Herr entschuldigend. „Wir sind Frau und Herr Harvest, Amerikaner aus

Texas, das erste Mal in Paris – und kennen uns absolut nicht aus in Paris. Dürfen wir uns Ihrer Gruppe anschließen?"

„Ja, bitte!", betont seine Angora-Kaninchengattin mit heller Stimme. „Sie sprechen so toll Französisch, ich höre Ihnen gerne zu, wenn Sie reden!"

Hase Jean-Richard stutzt.

„Sie sprechen Französisch?"

„Nein!" Der weiße Kaninchen-Herr schüttelt den Kopf. „Natürlich nicht. Aber Sie haben hier ja auch eine koreanische Reisegruppe, mit der Sie Englisch reden. Da fällt es doch nicht auf, wenn noch zwei zusätzliche Kaninchen Ihre Gruppe bereichern!"

Bereichern? Hase Jean-Richard hat seine Reisegruppen noch nie als Bereicherung gesehen – eher als Pflicht, die er aber gerne erledigt.

„Okay", sagt er. „Kommen Sie mit uns! Aber die Führung kostet etwas! Ich muss für Sie denselben Tagespreis verlangen wie für jeden der koreanischen Herren!"

„Das macht nichts!", winkt das texanische Angora-Ehepaar ab. „Geld spielt keine Rolle!"

Jean-Richard nickt. Jetzt sind sie zu siebt, das ist auch in Ordnung. Er kramt in seinen Erinnerungen, was in Paris sehenswert ist und fragt:

„Wollen Sie die Umgebung von Nôtre Dame besichtigen? Es ist schön dort – wir können auch nach Plätzen suchen, an denen man schöne Fotos schießen kann!"

„Nein", lehnen alle ab. „Wir haben Hunger und wollen etwas essen!"

Es ist 12.15 Uhr – klar, Mittagessenzeit, und so machen sie sich auf die Suche nach einem bezahlbaren Essen. Sie landen in einem LA CUISINE DU MONDE-Restaurant. LA CUISINE DU MONDE ist eine amerikanische Schnellimbiss-Kette, die dem Hasen Jean-Richard allerdings schon 1999 in San Francisco und in Los Angeles unter dem Namen „Eating Worldwide" positiv auffiel. Unterdessen hat LA

CUISINE DU MONDE auch viele Filialen in Europa eröffnet – beispielsweise in Großbritannien, in Frankreich und auch in Deutschland.

In Frankreich muss man, um Erfolg zu haben, auch unter einem französischen Namen firmieren – deswegen heißt die Kette hier LA CUISINE DU MONDE.

In der Filiale, in der sich Jean-Richard und seine sechs Paris-Gäste aufhalten, gibt es knusprige Baguettes, die mit frischen Tomaten, Salat, Gurken und auch Brokkoli belegt werden. Dazu holen sie sich ein Getränk.

Hase Jean-Richard bezahlt zwischen neun und zehn Euro für sein Essen: Baguette und Getränk. Der Vorteil des Essens ist: es ist frisch, es ist lecker und es macht satt.

Sogar Sitzmöglichkeiten gibt es bei LA CUISINE DU MONDE – und eine Toilette, die sauber ist.

Anschließend möchte Herr Choi an einer Seine-Schifffahrt teilnehmen. Also suchen sie nach einer Schiffsabfahrtsstelle. Die finden sie auch bald – sie sind ja auf der Île de la Cité, in der Nähe der Seine.

15 Euro kostet eine Seine-Schifffahrt pro Person. Es ist Jean-Richards 26. Seine-Schifffahrt. Bei seiner ersten Seine-Schifffahrt war er skeptisch, wurde dann aber doch positiv überrascht. Seitdem liebt er Seine-Schifffahrten.

Sie sitzen draußen bei Sonnenschein auf dem Schiff, lassen sich den Fahrtwind um die Löffel wehen und lauschen einer Stimme, die in französischer, englischer und italienischer Sprache erzählt, was sie gerade sehen und welche geschichtlichen Details es darüber zu berichten gibt und was sonst noch interessant ist.

Ja, warum wird das nicht auch in deutscher Sprache erzählt? Das weiß niemand. Was machen deutsche Touristen, die eine Seine-Schifffahrt machen?

Jean-Richard entdeckt ein Hasenpaar mit drei Kindern, offensichtlich aus Deutschland. Da – außer dem Hasenvater – niemand aus dieser Familie Fremdsprachen spricht, ist es die Aufgabe des Hasenvaters, einen Auszug des Gehörten ins Deutsche zu übersetzen. Er kann nicht alles übersetzen – denn immer, wenn er anfängt zu reden, wird schon etwas anderes erklärt, das er dann nicht mitbekommen und demzufolge nicht ins Deutsche übersetzen kann.

Trotzdem ist diese einstündige Seine-Schifffahrt für jeden Passagier ein tolles Erlebnis, die Passagiere sehen viel – sie erhaschen Blicke auf einige Museen, historische Gebäude – und auch am Eiffelturm fahren sie vorbei. Sie sehen den Eiffelturm aus einer Perspektive, aus der sie ihn sonst nicht sehen würden.

14. Kapitel

Das nächste Ziel könnte das Stadtviertel Montmartre sein – und die dortige Basilika Sacre Coeur, ein wunderschöne weiße Kirche – sie sieht irgendwie aus, als bestünde es aus Zuckerguss. Von innen ist sie ebenfalls sehr sehenswert, man kann auf die Kuppel steigen und genießt von dort einen schönen Blick auf Paris.

Hase Jean-Richard schlägt also seiner Reisegruppe dieses Ziel vor – sie reagieren begeistert und klatschen in die Pfoten.

Sie fahren mit der Métro und verlassen sie an der Haltestelle Château Rouge. Erstaunt nehmen sie wahr, dass mit ihnen so viele schwarzfellige Pariser Hasen die U-Bahn verlassen – wo sind sie denn da gelandet? In „Klein-Afrika"? Als sie eine Straße schnaufend hinaufhoppeln, die stark bergauf geht, sehen sie lauter Läden, die bunte Farben verkaufen, die sich jeder Hase ins Fell schmieren kann – rote, grüne, blaue Farbe und so weiter. Solche Läden gibt es nicht überall. In Paris scheint es hierfür Kundschaft zu geben.

„Wann sind wir endlich da?", jammert Herr Lee.

Hase Jean-Richard beruhigt ihn. Ein Lebensmittelladen, in dem es auch Wasser gibt, kommt der Gruppe gerade recht – und sie decken sich mit Getränken ein. Man sollte wissen, dass die Franzosen Mineralwasser ohne Kohlensäure (eau minérale sans gaz) bevorzugen – und das gibt es vorwiegend im Angebot in den Geschäften.

Die Straße endet mit vielen Treppenstufen – aber zum Schluss werden sie mit einem Ausblick auf Sacre Coeur belohnt. Ja, sie sind jetzt fast dort – fast, denn es gibt noch etliche Treppen zu erklimmen.

Die Treppen, Aussichtsterrassen und Wege zu Sacre Coeur sind voller Tiere und Leute, man meint, dort gäbe es etwas umsonst....

Sie sehen auch ein japanisches Brautpaar. Hase Jean-Richard erinnert sich daran, dass er erst eine Reportage im Fernsehen gesehen hat, in der gezeigt wurde, dass japanische Brautpaare zurzeit gerne nach Paris kommen, um dort ihre Hochzeit zu feiern – nach wenigen Stunden fliegen sie dann wieder nach Japan zurück. Das sei angeblich billiger, als in Japan selbst zu heiraten.

Die Reisegruppe macht schlapp, als sie sieht, dass es noch mindestens zwei lange Steintreppen gibt, die hinaufgehoppelt werden müssen, um fast am Ziel zu sein – am Eingang von Sacre Coeur. Sie wollen sich hinsetzen, sich ausruhen, den Ausblick auf Paris genießen – auf ein Häusermeer...

Hase Jean-Richard hat eine Idee:

„Ich sehe, dass Sie ziemlich k.o. sind. Habe ich recht?"

Die Koreaner nicken eifrig, während das amerikanische Angorakaninchen-Ehepaar noch voller Tatendrang zu sein scheint.

Also vereinbaren sie, dass sich die fünf Koreaner in die Nähe eines Brunnens setzen (da gibt es gerade auch freie Plätze, was nicht selbstverständlich ist) und auf Hase Jean-Richard warten, während er und das amerikanische Ehepaar versuchen, nach oben zu hüpfen.

Jean-Richard erinnert sich an seine Oma Waltrudis. Sie wollte 1996 all diese Stufen auch nicht nach oben gehen, sie bekam einen großen Schreck, als sie die vielen Treppen sah, und ließ ihren Enkelsohn, den jungen Hasen, alleine weiterhoppeln – und heute ist es nicht anders, nur, dass er eben nicht mit seiner Oma Paris erkundet, sondern mit Nagern, die er als Reiseführer kennen gelernt hat.

Er hüpft weiter nach oben, bewegt sich in einer Masse Hoppelhasen aller Nationalitäten und Farben aufwärts – ach, du liebe Güte, sind hier Hasen- und Kaninchenschwärme unterwegs!

Auch die Treppen sind nicht frei, Nager sitzen überall auf den Stufen, eine Gruppe australischer Vagabundenhasen hat ein riesiges Kassetten-CD-Spielergerät, aus dem Musik herausgrölt, aufgestellt Man muss über all diese sitzenden Nager hinwegspringen, muss sie bitten, doch Platz zu machen. Natürlich auf Französisch.

Endlich stehen die drei Nager am Eingang von Sacre Coeur, aber sie kommen nicht hinein in diese Kirche, der Eingang ist verstopft mit Tieren – viele wollen in die Kirchenhalle hineinhüpfen.

Das dauert zu lange, konstatiert Hase Jean-Richard. Also geht er in das Stadtviertel hinter der Basilika – in den Montmartre. Dort gibt es immer noch viele Maler. Vor einigen Jahren noch standen sie mit Staffeleien herum – diesmal sehen Hase Jean-Richard und das amerikanische Angorahasen-Ehepaar keine Staffelei, sondern Maler, die mit großen Zeichenblöcken durch die Straßen laufen und nach Tieren suchen, die sich gegen Geld portraitieren lassen.

Sie befinden sich in einer Straße, in der viele Souvenirläden sind – und spontan kauft sich das amerikanische Angorakaninchen-Ehepaar in einem Geschäft ein Halstuch, das mit Pariser Sehenswürdigkeiten verziert ist. Ein praktisches Souvenir also, für 3,50 Euro – die Angorakaninchen-Dame legt sich das Tuch sofort um den Hals.

Danach hoppeln sie zurück zu den fünf koreanischen Kaninchen. Es wird langsam Zeit fürs Abendessen – sie haben Hunger und wollen zum Louvre fahren. Gesagt, getan. Sie stromern durch die Straßen, auch durch die „Rue Faubourg St. Honoré", eine sehr teure Einkaufsstraße in Paris, wo sich auch der Elysée-Palast befindet. In der Nähe des Louvre gibt es einige hübsche Cafés und kleinere Restaurants (Brasseries), aber die Preise dort sind exorbitant (gewaltig!). In einer dänischen Eisdiele zahlt man für eine normal große Kugel Eis tatsächlich 3,20 Euro – nee, diesen Wucher wollen Hase Jean-Richard und seine Reisegruppe nicht unterstützen. Auch wollen sie keinen Kaffee für 6 Euro pro Becher in der Nähe vom Louvre kaufen. Sie haben ebenfalls keine Lust auf Brokkoli und Fenchel mit Brötchen für 10 Euro – bei diesen Preisen vergeht vielen Tieren der Appetit...

Die Koreaner haben ebenso genug von diesen Preisen und wollen jetzt „McDonald's" besuchen. Da bezahlt man für das Essen noch einigermaßen anständige Preise – auch in Paris. Ja, in der Champs Elysées gibt es zwei „McDonald's"-Restaurants – und das nächstgelegene davon steuern sie jetzt an.

Aber: sie sind unten am Louvre – und der Weg zum McDonald's-Restaurant ist weit... Sie rasen durch den Garten „Jardins de Tuileries" – dort gibt es etliche Stände, die beispielsweise Brot und Karotten verkaufen.

Hase Jean-Richard fragt die koreanischen Kaninchen., ob sie nicht schon da speisen wollten (seine Pfoten schmerzen vom langen Hoppeln).

Nein, die Koreaner wollen zu „McDonald's" gehen.

Sie düsen durch den Teil der Champs Elysées, in dem viele Bäume stehen – vorbei an all den Straßenverkäufern. Die Koreaner sind getrieben nach ihrem Wunsch, bei „Mc-Donalds" zu speisen, aber das amerikanische Angorakaninchen-Ehepaar Harvest kann seinen Hunger nicht mehr bezähmen und kauft Möhren, Salat und eine Gurke an einem Stand.

Es ist warm, und sie hoppeln weiter. Gegen 19 Uhr erreichen sie endlich „McDonald's" in der Champs Elysées. Es gibt viele Tiere, die dort etwas zu essen kaufen wollen – eine Reisegruppe von Koalas sucht nach Eukalyptusgerichten, einige armenische Biber suchen nach der armenischen Salattorte und so weiter. Einen Platz für sieben Nager finden sie nicht. So holen sie sich dann ein Menü – Hase Jean-Richard wählt eines für 10,43 Euro (darin enthalten sind Pommes Frites, ein Burger nach Wahl und ein großes Getränk – er wählt Coca-Cola aus) – und setzen sich dorthin, wo es noch freie Plätze gibt. Das Essen haben sie sich wirklich verdient!

Anschließend fahren sie endlich mit der Métro in Richtung Hotel. Sie sind alle fix und fertig, als sie im Hotel ankommen.

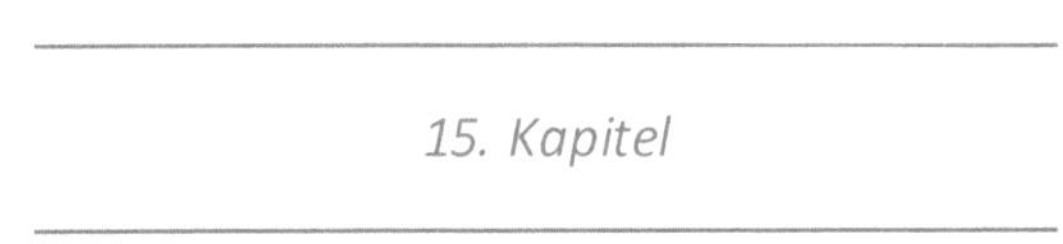

15. Kapitel

Gerädert fühlt sich Hase Jean-Richard, als er aufwacht. Der anstrengende Tag mit den Koreanern gestern sitzt ihm noch in den Knochen. So viel gehoppelt und hochgestiegen ist er selten.

Hase Jean-Richard fühlt sich wie ein richtiger Hase, und er will auch ein richtiger Hase sein. Richtig selbstbewusst stellt er sich vor seinen Spiegel.

Von Lysann-Claudette wird er sich nicht mehr beleidigen lassen. Welcher Hase verkraftet schon, wenn sein Penis beleidigt wird?

Liebevoll streicht Hase Jean-Richard über seinen „Macker". Das Ding verdient etwas Erholung, scheint heute schwach und erschöpft zu sein.

Hase Jean-Richard cremt den „Macker" mit Ringelblumensalbe ein – vielleicht hilft das. Ringelblumensalbe, ein altes Hausmittel, das ihm seine Oma stets gegen diverse Wehwehchen empfahl.

Hase Jean-Richard richtet sich zur Arbeit – wieder wirft er sich in einen Anzug – heute in einen braunen. Dazu passt die rote Krawatte mit grünem Blattmuster. Hoffentlich gestaltet sich der heutige Tag gut, die Koreaner wollen Leistung sehen und keine Pleiten.

Die koreanischen Kaninchen werden heute abreisen. Hase Jean-Richard freut sich dann fast schon über seine neu gewonnene Freiheit. Da hätte er heute zur Abwechslung auch Jeans und ein Hawaii-Hemd anziehen können, überlegt er sich.

Hase Jean-Richard erledigt im Büro gewissenhaft die Angebote für Osteuropa – er denkt, er hat eine faire, preisgünstige Möglichkeit gefunden, wie er eine Gruppe Hasen aus Polen zu einem Fußballspiel mit dem Club Paris Saint Germain begleiten kann. Außerdem bietet er einer Gruppe Frettchen aus der Tschechischen Republik eine Stadtrundfahrt mit anschließender Seine-Schifffahrt an. Die Konkurrenz der Stadtführungen liefert sich harte Schlachten – jeder Anbieter muss ständig mit neuen, preisgünstigen und interessanten Angeboten aufwarten.

16. Kapitel

Heute ist Freitag - und der Abreisetag der koreanischen Kaninchen, sie nehmen das letzte Frühstück im Hotel ein. Es gibt die Möglichkeit, die Reisetaschen und Koffer bereits in dem Reisebus zu verstauen, der die Gäste später zum Flughafen Paris-Orly bringen wird.

Viele Besucher fahren heute Vormittag nach Versailles – das kostet 16 Euro. Auch die koreanischen Kaninchen sowie das Ehepaar Harvest aus den USA sind dabei. Hase Jean-Richard selbst spart sich das Geld für den Besuch. Erstens war er schon mindestens 20 Male in Versailles – also schon oft im Schloss und im Schlossgarten.

Zweitens weiß er: die 16 Euro beinhalten die Fahrt nach Versailles, zusätzlich muss man dann acht Euro bezahlen für den Besuch des Schlossgartens. Dann ist man erst mal nur im Schlossgarten – und dann? Um ins Schloss zu kommen, muss man nochmals Eintritt zahlen – mehr als 20 Euro. Wenn man im Schloss ist, hat man die Möglichkeit, sich einen Kopfhörer zu leihen, womit man eine Schlossführung in englischer Sprache anhören kann. Das kostet mindestens zehn Euro.

Nein, nein, das muss nicht sein. Für dieses Geld kann Hase Jean-Richard nach St. Germain de Près fahren (ganz in der Nähe befindet sich die berühmte Pariser Universität „Sorbonne“), ein Stadtteil, den er einfach mag. Dort will er hin und ein bisschen spazieren gehen.

Heute regnet es, aber es ist warm. St. Germain de Près ist ein ansprechender Stadtteil, genauso, wie ihn sich ein Tourismushase vorstellt. Wunderschöne alte Häuser, die Straßen sind ruhiger als im Zentrum. Nun ist er alleine in Paris – wirklich alleine -, aber er hat kein Problem damit. Klar, wären die sieben Nager von gestern auch hier gewesen, hätte er damit auch kein Problem gehabt.

Hase Jean-Richard hoppelt durch die Straßen und findet einen Marktstand, an dem er einen Espresso und zwei lange Möhren aus der Provence kaufen kann. Alles zusammen für zwei Euro – das ist ein Schnäppchen für Paris! Der Marktstand ist sauber, in der Nähe gibt es Bänke, die ebenfalls picobello sauber sind! Was will man mehr? Hase Jean-Richard ist begeistert. Die Möhren schmecken köstlich, der Espresso ebenso.

Nach dieser kurzen Pause hüpft er weiter und findet einen Supermarkt. Dort kauft er sich eine große Flasche mit Mineralwasser ohne Kohlensäure zu 0,58 Euro als Proviant für die Heimfahrt. Auch eine tolle Einkaufstasche mit dem Hinweis, dass man die Umwelt schützen soll (protectez l'environnement) kann er kaufen – beides ist günstig. Die Tasche dient zur Aufbewahrung der Wasserflasche.

Übrigens haben viele Läden lange offen in St. Germain de Près, vorwiegend öffnen sie ab 10 Uhr. Und das auch am Sonntag. Aber heute ist ja Freitag.

Hase Jean-Richard fährt dann mit der Métro Bahn weiter zum Place de la République (Republikplatz) und geht dort noch ein bisschen spazieren.

Um 14 Uhr trifft er seine koreanische Kaninchengruppe an diesem Platz – denn hier kann ein Reisebus gut anhalten und lässt Reisende einsteigen.

Sie fahren zum Pariser Flughafen Orly, der etwas außerhalb der Stadt liegt. Diesmal dauert die Fahrt länger als sonst, denn sie werden einmal von der französischen Straßenpolizei kontrolliert. Nicht, weil der Busfahrer etwas falsch gemacht hat – der Busfahrer ist vorbildlich gefahren -, aber in Frankreich muss man immer wieder mit Kontrollen rechnen, sie sind üblich dort.

Schnell sind die koreanischen Kaninchen ausgestiegen, man umarmt sich. Hase Jean-Richard bekommt die Einladung, die koreanischen Kaninchen treffen zu können, sollte er einmal nach Seoul oder in eine andere südkoreanische Stadt reisen. Er lächelt und winkt den Koreanern nach, als sie im Flughafengebäude verschwinden.

Abends steht er an der U-Bahn-Station – und wieder taucht das schwarzgelockte Borstenkaninchen-Weibchen Marie-Fabienne Macrogole neben ihm auf. Er erkennt sie gleich wieder. Heute steckt sie in einem atemberaubenden schwarzen Hosenanzug und wirft ihr Fell selbstbewusst zurück.

Abermals versucht er, ihre Aufmerksamkeit zu fesseln. Er streicht sich über sein Fell am Kopf, fummelt an seiner Krawatte, lächelt herzlich.

Aber die Kaninchen-Dame schaut stur in die andere Richtung. Was dort interessanter sein soll als er – Hase Jean-Richard bekommt es nicht heraus.

„Na, wie geht es dir heute?", begrüßt der Schwarzlippige Pfeifhase Charles Petit-Pomme ihn in Pigalle.

„Wesentlich besser", meint Hase Jean-Richard erleichtert. „Stell' dir vor, die koreanischen Kunden sind jetzt auf dem Rückflug in ihre Heimat, und ich kann mich wieder anderen Aufgaben widmen."

„Toll für dich! Und – du wirst sehen, mit der Anzeige klappt es auch noch! Bald wirst du scharfe Kaninchen:innen oder Häsinnen kennen lernen!" Charles Petit-Pomme fällt immer ein gutes Wort ein, und Hase Jean-Richard schlendert frohgemut nach Hause.

Tja, wenn er eine Häsin nachhaltig entzücken will, sollte er vielleicht endlich anfangen, seinen Stall aufzuräumen.

17. Kapitel

Zurück in seinem Stall wäscht Hase Jean-Richard zuerst das Geschirr der ganzen letzten Woche, trocknet es sofort ab und räumt es auf. Früher ließ er es immer herumstehen – dadurch wirkte die Küche wie nach einem Bombenangriff.

Hase Jean-Richard hätte nie im Traum daran gedacht, wie arbeitsaufwändig es ist, seinen Wohnbau in Ordnung zu bringen.

Das Wohnzimmer sieht auch nicht viel besser aus. Seufzend geht er seine Sammlung politischer Zeitschriften an. Blättert er darin, bleibt er nur in den Zeilen hängen, verstrickt sich in dem Geschriebenen und wirft die Zeitschriften am Schluss sowieso nicht raus. Sie stapeln sich auf den Fensterbrettern, räkeln sich unter seiner Schlafstätte, einige liegen achtlos auf dem Hängeschrank in der Küche.

Zähneknirschend schichtet Hase Jean-Richard Stapel auf Stapel aufeinander. Was tut man nicht alles für die potentielle „Richtige", die Häsin des Lebens? Beherzt schultert er das viele Papier, aber die Zeitschriften drohen, laut auf den Holzboden zu plumpsen.

Irgendwo kramt er eine Lederreisetasche hervor und stopft die Zeitschriften hinein. Das Gewicht lässt ihn beinahe zusammenbrechen. Das ganze Papier scheint eine Tonne zu wiegen. Nein, das kann er beim besten Willen nicht alles auf einmal zum Altpapiercontainer schleifen!

Also wird er zweimal gehen müssen. Schon verlässt ihn der Mut, aber er beißt die Zähne zusammen und schwört sich durchzuhalten. Wenn er jetzt nicht damit anfängt, seinen Ramsch loszuwerden, tut er es vielleicht nie.

Nicht nur sein „Macker" soll sich von seiner besten Seite präsentieren, sondern auch seine Wohnung.

Er kramt die Hälfte der Zeitschriften wieder aus der Tasche und macht sich auf den Weg zum Altpapiercontainer um die Ecke. Leider ist dieser fast verstopft, aber mit ein paar Stößen und Schüben schafft Hase Jean-Richard etwas Platz. So, dass ein paar seiner alten Zeitschriften auch noch hineinpassen.

Den zweiten Stapel bringt er im Altpapiercontainer zwei Straßen weiter unter. Dort sind die Container fast leer.

Hase Jean-Richard hat durch das Herumgehoppel fast eine Stunde Zeit verloren. Und er versäumte den ersten Teil eines wichtigen Sportmagazins im Fernsehen.

Zähneknirschend knipst Hase Jean-Richard seinen heißgeliebten Fernseher an. Na – ärgern wird er sich nicht. Immerhin hat er einen hübschen Spaziergang unternommen.

Und er hat einen Anfang gemacht, aus der Hoffnungslosigkeit seines Single-Daseins zu entfliehen.

Anschließend fällt Hase Jean-Richard ein, dass er doch seine E-Mails checken könnte. Vielleicht gibt es bei Live_your_life_234@hasen-web.de eine Zuschrift auf seine Kontaktanzeige?

Beherzt öffnet er seinen E-Mail-Zugang – und da ist doch tatsächlich eine Mail von einer Häsin, die er noch nicht kennt!

„Lieber Jean-Richard,

ich melde mich auf deine Kontaktanzeige, weil ich sie lustig und interessant finde.

Mein Name ist Oslinde, ich bin 34 Jahre alt und habe keine Kinder. Ich habe in Lyon an der Pädagogischen Hochschule Kunst und Französisch studiert, wegen einer Krankheit aber nie als Lehrerin gearbeitet. Ich lag drei Monate im Koma, als ich wieder fit war, habe ich ein soziales Jahr absolviert, das mir aber keinen Spaß gemacht hat.

Wenn du etwas neugierig auf mich geworden bist, würde ich mich freuen, von dir zu hören!"

Das klingt interessant, denkt Jean-Richard erfreut. Dass die Dame gesundheitliche Probleme hat, findet er nicht so gut. Aber vielleicht wird sie wieder gesund – und kann mit ihm durch Paris hoppeln.

Ja, vielleicht lässt sie sich ja zur Fremdenführerin ausbilden!

Auf jeden Fall wird er Charles Petit-Pomme von dieser E-Mail erzählen!

19. Kapitel

Sandrine Vaillant sitzt in ihrem todschicken, mit IKEA-Möbeln eingerichteten Zweizimmerstall in Paris-Montparnasse. Kein Stäubchen verunstaltet die peinliche Ordnung – jeder Gegenstand liegt an seinem Platz. Dort, wo er hingehört.

Sandrine sieht klasse aus – eine einwandfreie Wildkaninchenfigur, eine moderne Fellfrisur und pfiffige Accessoires, die ihren Typ positiv unterstreichen. Trotzdem ist sie zurzeit mal wieder solo. Irgendwie schien sie in der Vergangenheit immer die falschen Nager anzulocken. Zuerst fand man sich sympathisch, traf sich zwei oder drei Male, nur um nachher festzustellen, dass man doch nicht zueinander passte.

Woran das wohl liegt? Sandrine packt Verzweiflung, obwohl sie dafür keinen Grund hat. Sie besucht Nager-Single-Treffs, nahm an einem Nager-Single-Tanzkurs teil und an Gruppenreisen. Nichts führte zu einem dauerhaften Erfolg – nichts davon brachte ihr das richtige Kaninchen oder den richtigen Hasen.

Sie seufzt, sitzt aufrecht in ihrer Kuschelcouch und verzehrt genüsslich eine Birne. Ihr heutiges Abendessen. Mehr will sie ihrer makellosen Figur nicht zumuten.

Alles stimmt an ihr, auch der Job bei der Pariser Tourismuszentrale macht ihr Spaß. Warum trifft sie nirgendwo den Nager fürs Leben?

Soll sie sich bei Single-Tier-Shows wie „Ein Nager für alle Fälle" bewerben?

Nein, meint sie entschieden. Auf diese Art von Heiratsmarkt bringen sie keine zehn Pferde. Sie ist zwar recht forsch, aber ob sie im Fernsehen nicht alles vermasseln würde vor lauter Lampenfieber?

Seit einigen Wochen besucht sie regelmäßig ein Fitness-Studio. Die Übungen halten sie fit, kräftigen ihre Pfoten und tragen zu einem stabilen Bauch sowie glänzendem Bauchfell bei.

Sie beeinflussen ihre „Problemzonen", obwohl sie doch gar keine hat. Bei jedem Besuch hält sie verstohlen Ausschau nach neuen männlichen Nager-Fitnessbegeisterten. Sie mustert die Hasen- und Kaninchenkerle, die Gewichte und Hanteln stemmen, die auf den Sportfahrrädern keuchen und andere Apparaturen benutzen. Oder Kerle, die um einen Hula-Hopp-Reifen springen, um ihre Sprunggelenke zu trainieren. Allerdings scheinen diese Kerle außer Muskeln und tollen Gelenken nichts vorweisen zu können – sie sind alle nicht Sandrines Typ.

Ist sie zu anspruchsvoll, oder liegt es an der heutigen Zeit? Sandrine beneidet die Generation vor ihr – eine Generation, deren Hasen und Kaninchen kaum Probleme hatten, eine Partnerin oder einen Partner zu finden.

Die Birne ist aufgefuttert, Sandrine entknotet langsam ihre Pfoten und steht auf. Anmutig tippelt sie zum Wasserhahn im Ankleidezimmer, um ihre Pfoten zu reinigen.

Heute Abend hat sie Lust auf schöne Lektüre – auf einen richtig literarischen Leckerbissen. „Schnee, der auf Zedern fällt" hat sie sich auf der Wohnzimmerkiste ordentlich zurechtgelegt. Das Buch sieht verlockend aus – wie ein Festmahl, das verspeist werden will.

Sandrines Augen jedoch fühlen sich durch den achtlos hingeworfenen „Hasenkurier" (Journal pour les lapins) gestört. Eine Zeitung auf der bequemen beigefarbenen Ruhekiste trübt Sandrines Ordnungssinn. Sie nimmt die Zeitung und blättert darin. Soll sie das Werk in ihren Altpapierkarton werfen? Eigentlich hat sie alles gelesen, was sie interessiert – Politik und Lokales. Der Sportteil über die Nagerfußballsaison sowie Weitsprung-Hoppeln erscheint ihr langweilig. Dann jedoch heften sich ihre Augen, wie magisch angezogen, auf den Kontaktanzeigenteil. Vielleicht sollte auch sie einmal diese Möglichkeit ausprobieren?

Sie überfliegt die Anzeigen und wird auf einmal von Lachen geschüttelt:

„'Biete bemanntes Sofakissen' – wer schreibt denn so etwas?", kichert sie atemlos. Diese Anzeige reizt sie – wer sich wohl dahinter verbirgt? Dieser Hase scheint eine gehörige Portion Mut zu besitzen, wenn er so zu seiner Figur steht.

Sandrine zaubert Papier und Füllfederhalter aus ihrer Schreibkiste und beginnt, jenem unbekannten Hasen ein paar Zeilen zu schreiben. Leicht fliegt die Feder übers Papier. Ihr Buch wird eben noch zehn Minuten warten müssen. Aber was soll's?

---

20. Kapitel

Total wild ist Hase Jean-Richard darauf, auf die E-Mail:in, wie ihm sein Freund Charles Petit-Pomme freudestrahlend ermutigte, zu antworten.

Er möchte wissen, was für ein Typ Häsin diese unbekannte Oslinde ist.

Und so schreibt er ihr:

„Hallo Oslinde,

danke für Deine Post!

Wenn du willst, können wir gerne einen Briefwechsel starten und uns danach kennen lernen. Mal sehen, wie es passt.

Ich bin 40 Jahre alt, ledig und als Fremdenführer in Paris tätig. Vor einigen Tagen habe ich beispielsweise fünf koreanischen Kaninchen die Stadt gezeigt.

Meine Hobbies sind Lesen, Musik hören (Rock und Pop), Reisen (ich habe 34 Länder bereist – unter anderem Australien, Neuseeland, China, USA, Kanada, Türkei, Litauen, Lettland, Estland, Finnland und so weiter), schreiben, Filme schauen und so weiter.

Wie geht es dir gesundheitlich? Bist du in Frührente?

Das waren jetzt mal erste Informationen über mich. Vielleicht hast du Lust, mir zu schreiben.

Viele Grüße – Jean Richard."

Es dauert nicht lange – noch am selben Abend kommt eine Antwort-E-Mail von Oslinde zurück:

„Lieber Jean-Richard,

danke für deine E-Mail.

Leider muss ich dir mitteilen, dass wir keine Freunde werden können. Wir sind zu unterschiedlich. Ich zähle zu den Arbeitslosen und Bedürftigen in Frankreich und kann deshalb nicht so viel erleben wie du.

Sei nicht traurig!

Tschüss – Oslinde."

Hase Jean-Richard ist schon etwas enttäuscht, als er diese E-Mail mit einer Absage in der Hand hält. Aber er musste ja damit rechnen, dass nicht jede Häsin, die ihm schreiben würde, ihn geil, klasse und atemberaubend findet! Manchmal gibt es doch Unterschiede in der Persönlichkeit, auch bei vielen Hasen und Kaninchen. Sie finden es sinnvoll, dass man lieber gleich zu Beginn die Reißleine zieht – also eine Freundschaft nicht erst entstehen lässt.

Hase Jean-Richard beruhigt sich und denkt, dass es hoffentlich bald Damen aus der „Familie der Hasenartigen" gibt, die ihn treffen wollen.

21. Kapitel

Erleichtert fühlt sich Hase Jean-Richard. Er hat heute Zeit, Bürokram zu erledigen.

Sein Chef hoppelt heute mit einer Gruppe argentinischer Streifenhörnchen in Paris herum. Er hat sie alle unter Kontrolle. Sie sind in Paris, um die Location für den internationalen Streifenhörnchen-Leichtathletik-Wettbewerb auszuloten, der jedes Jahr stattfindet. Dieses Jahr vielleicht in Paris.

Immer wenn er – Hase Jean-Richard – verstohlen auf die Straße schaut, sieht er seinen Chef und die Streifenhörnchen hektisch auf- und abrennen. Wie eine Mutterente mit ihren Jungen im Schlepptau. Einmal krabbeln alle fünf sogar fast in einen Abflusskanal – die Argentinier erhalten wirklich eine tolle Trimm-Dich-Fit-Veranstaltung.

Hase Jean-Richard könnte froh sein, wenn seine Kollegin Sandrine Vaillant nicht immer sticheln würde. Irgendwie hat sie spitzgekriegt, dass Hase Jean-Richard die Argentinier heute nicht durch Paris führen soll.

„Deine letzte Stadtführung hat wohl nicht geklappt, was?" Er riecht ihr aufreizendes Parfüm – diesmal „Geile Hasenpfote" von Hoppeldipoppel. Sandrine steckt heute in einem knallengen Hasenoverall, der ihre Kurven sehr betont. Positiv betont.

„Das ist doch gar nicht wahr! Welches Gerücht hast du wieder aufgegabelt?" Verärgert blickt er von seinem Papierstapel hoch. In einem 30-seitigen Fax hat ein Kunde aus Großbritannien seine Wünsche für eine gut funktionierende Besichtigung des Friedhofs in Montparnasse beschrieben. Zehn verschiedene Grabstätten berühmter Personen sollen dort besichtigt und darüber gesprochen werden. Hase Jean-Richard sieht es als Herausforderung, das Angebot ausarbeiten zu dürfen. Und jetzt kommt diese zickige Sandrine und stört ihn!

„Du denkst wohl, ich bin blind?" Ihre Augen funkeln. Ihre schönen, wohlgeformten Pfoten hängen beinahe über seinem Schreibtisch, als sie die Vorderläufe aufstützt.

Hase Jean-Richard verspürt in diesem Moment große Lust, Sandrine ins Fell zu zwicken und ihr mit seiner Pfote einen Klasse-Orgasmus zu verpassen. Nur, damit sie einmal sieht, was in ihm steckt, und nicht dauernd herumstichelt.

„Du kannst mich wohl nicht leiden, was?", bricht es aus ihm hervor. „Warum tauchst du dauernd auf und mäkelst an mir herum?"

Sie schaut perplex aus. Nein – mit dieser Reaktion hatte sie am allerwenigsten gerechnet. Sie liebt es, ihre Opfer mit Sticheleien zu piesacken. Opfer, die schwächer zu sein scheinen als sie selbst, weil sie irgendeinen Makel besitzen. In Jean-Richards Fall ist dieser Makel eindeutig seine etwas unförmige Figur und sein Bierbauch.

„Ich weiß es nicht", antwortet sie kurz und schluckt. Verdammt – er hat sie aus dem Konzept gebracht! Abrupt dreht sie sich um und hoppelt davon.

Hase Jean-Richard sieht ihr etwas entgeistert nach. Frauen!

Und er merkt, dass Sandrine zum ersten Mal irritiert ist. Er – Hase Jean-Richard – hat dies fertiggebracht.

22. Kapitel

Béatrice Chanterelle erscheint lächelnd an ihrem Arbeitsplatz als Lektorin im Verlag GUILLERMO & BONFIDELE. Die Welt ist seit langer Zeit wieder in Ordnung nach dem großartigen Orgasmus am gestrigen

Abend. Maxim schläft noch – als Inhaber einer Software-Firma kann er es sich ohnehin aussuchen, wann er zu arbeiten beginnt.

Sie schnauft, als sie den Manuskriptstapel auf ihrem Tisch sieht. Seitdem immer mehr Lebewesen einen Computer ihr Eigen nennen, flattern immer mehr Manuskripte ins Haus.

Béatrice weiß, was sie zu tun hat, und sie seufzt. Die Manuskripte unbekannter, neuer französischer Autoren darf sie gar nicht lesen. Sie wird diesen sorgsam verfassten Schriftstücken einen Formbrief beilegen, von dem sie hundertfünfzig Kopien auf ihrem Schreibtisch liegen hat.

Ihr tun diese verschmähten Autoren leid. Sie werden nur abgelehnt, weil sie aus Frankreich stammen und keinen „großen Namen" haben. Für ausländische Autoren hat man dagegen im Verlag ein offenes Ohr. Hier versuchen sogar die Verlage, sich gegenseitig das beste Material wegzuschnappen.

Béatrice hat selbst ein Buch geschrieben – eine Liebesgeschichte zwischen einer französischen Wachtel und einem italienischen Fasan. Literarisch wesentlich besser als 70 Prozent des ausländischen Materials, das der Verlag veröffentlicht.

„Sie wissen doch, dass Sie die meisten Manuskripte ablehnen müssen – außer, sie stammen von bekannten Leuten aus Funk und Fernsehen oder Politikern!", herrschte sie ihr Chef, Doktor Boulanger, an, als sie ihm ihr Manuskript vorlegte.

„Aber es ist mein Manuskript, Herr Doktor! Ich kann nach jahrelanger Lektorentätigkeit sehr gut beurteilen, was die Leute gerne lesen! Sie werden es nicht bereuen, mein Buch zu veröffentlichen!"

Ihr Chef schaute sie durch die dicken Brillengläser beinahe drohend an.

„Sie wissen ganz genau, Fräulein Chanterelle, dass es sich unser Verlag nicht leisten kann, die Arbeiten französischer unbekannter Schriftsteller zu veröffentlichen. Auch Ihre Arbeit nicht. Wir sind ein profitorientiertes Unternehmen und haben am wenigsten Risiko, wenn wir auf Bucherfolge zurückgreifen, die sich bereits im Ausland bewährt haben!"

„Ich denke, Sie machen einen großen Fehler." Ihre Stimme klang bestimmt. „Wie erklären Sie sich dann den Erfolg von Büchern von Häsin Kind-Fugenspachtel, Kiwi Spindel oder Bubi Silikonentferner?"

„Zufallstreffer!" Er machte eine wegwerfende Pfotenbewegung. „Zu riskant für uns!"

Seit diesem Tag arbeitet sie wie ein Roboter. Sie vertieft sich in die Arbeiten ausländischer Autoren und fügt den Arbeiten hochbegabter Franzosen folgendes Absageschreiben bei:

„Bitte entschuldigen Sie diesen unpersönlichen Brief, aber die Fülle der uns eingereichten Manuskripte macht eine individuelle Stellungnahme leider unmöglich.

Für das uns zur Prüfung eingereichte Material danken wir ganz herzlich. Leider sehen wir keine Möglichkeit der Aufnahme in unser derzeitiges Verlagsprogramm. Mit den uns zur Verfügung gestellten Unterlagen schicken wir Ihnen zu unserer Entlastung auch Ihren Brief zurück.

Wir danken nochmals für Ihr Interesse an einer Zusammenarbeit mit unserem Hause und wünschen Ihnen viel Erfolg bei Ihrer weiteren Suche nach einem geeigneten Verlagspartner."

Die Unterschrift setzt Béatrice noch selbst unter die zahlreichen Formbriefe, um schließlich diese Manuskripte aus Frankreich von Lehrlingshasen verpacken und adressieren zu lassen.

Manchmal ertappt sie sich bei dem Wunsch, eines dieser französischen Manuskripte mit nach Hause zu nehmen, um es dort zu lesen. Im Büro hat sie keine Zeit dazu – da muss sie sich durch einen Riesenstapel ausländisches Material wühlen.

Aber sie weiß, dass es nicht gerne gesehen wird, wenn sie Manuskripte mit nach Hause nimmt.

Heute widmet sie sich dem Buch „La poésie des dégâts des eaux et des vernis" (Die Poesie des Wasserschadens und der Klarlacke), das versucht, die Liebesbeziehung des Romanautorhasen Mercure Marchand und der Lyrikerin Iphigénie Guillaume in Romanform zu beschreiben. Vielleicht wird ihr Arbeitgeber das Buch veröffentlichen. Es hängt von Béatrices Rezension ab.

Der Roman beginnt Ende der 1950er-Jahre. Das marokkanische Lyrik-Kaninchen Iphigénie Guillaume ist 32 Jahre alt und ein Star am Lyrikhimmel. Von der Kritik werden ihre Gedichte gelobt, sie feiert Erfolge, verdient Geld und geht auf Lesereise.

Der französische Romanautorhase Mercure Marchand ist auf sie aufmerksam geworden, schreibt ihr einen Brief und will sie treffen. Sie sehen sich zum ersten Mal in Lyon. Er ist 12 Jahre älter als sie, gerade geschieden – und auf der Suche nach einer neuen Beziehung.

Vielversprechend beginnt ihre Liebesbeziehung. Sie wohnt mit ihm immer wieder in Frankreich, lässt es sich aber nicht nehmen, auch nach New York zu reisen, weil sie dort die besten Ideen für ihre Gedichte bekommt.

Bald holt die beiden Schriftsteller der Alltag ein. Unterschiedlich ist die Art der beiden Schriftsteller zu arbeiten. Außerdem erleben sie einmal einen Wasserschaden und müssen anschließend ihren Wohnbau renovieren – unter anderem mit Klarlack.

Mercure Marchand hat sich eine strukturierte Arbeitsweise beim Schreiben angewöhnt und sitzt schon früh am Morgen an der Schreibmaschine. Iphigénie Guillaume dagegen braucht eine bestimmte Umgebung, um inspiriert zu werden. New York zum Beispiel. Dort trifft sie amerikanische Cowboyhasen und Hasen, die zu den indigenen Völkern gehören. Mit ihnen kann sie vortrefflich über Gedichte diskutieren und ihre eigenen Ideen verwirklichen.

Unterschiedlich ist auch die Auffassung beider Schriftsteller über die Liebe. Iphigénie pflegt einen Briefwechsel mit Schriftstellern, auch mit Arnaud Nguyen, mit dem sie zusammen war. Das weckt Mercures Eifersucht.

Einige Werke von Mercure Marchaud waren Pflichtlektüre auf dem Collège (der französischen Gesamtschule), beispielsweise „Le miracle de la contribution communautaire volontaire" (Das Wunder des freiwilligen Gemeindebeitrags) und „Hareng et carpe chez les pompiers" (Heringe und Karpfen bei der Feuerwehr). Daran erinnert sich Béatrice. Deswegen interessiert sie dieses Buch – und sie ist gespannt, mehr über ihn und Iphigénie Guillaume zu erfahren, von der sie bisher nur wenig wusste.

Die Autorin Radegonde Renard schafft es, den beiden Schriftstellergrößen ein Gesicht zu geben. Dieser Roman ist lebendig geschrieben mit klugen und schönen Dialogen – aber auch Episoden, die die Schwächen von Iphigénie Guillaume und Mercure Marchand zeigen. Man kann sich als Leser/-in gut vorstellen, bei welchen Themen es immer wieder Streitpunkte zwischen den beiden gibt.

Beide Schriftsteller-Nager sind wohlhabend. Mercure Marchand ist durch seine Romane und Theaterstücke zum Millionär geworden. Seine Geldausgaben hat er vorzüglich im Griff. Auch Iphigénie Guillaume verdient gut, wenn sie nicht gerade eine Schreibblockade hat.

Wer im Buch „Die Poesie des Wasserschadens und der Klarlacke" einen erotischen Liebesroman erwartet, wird enttäuscht werden. Wer aber mehr über die Nager Iphigénie Guillaume und Mercure Marchand erfahren will, über ihre Stärken und Schwächen, bekommt einen gut geschriebenen Roman aus der auktorialen Erzählperspektive (kein Ich-Erzähler) in einer schönen Sprache mit einem Blick auf das Leben von kreativen Nagern Ende der 1950er- und Anfang der 1960er-Jahre.

Béatrice hat das Buch sehr gut gefallen. Mit gutem Gewissen vergibt sie fünf Sterne – also die Höchstwertung

– und eine Leseempfehlung. Ihr Arbeitgeber, der Verlag „GUILLERMO & BONFIDELE", soll das Buch ruhig veröffentlichen.

Ihr eigenes Manuskript schmort im Moment beim Verlag LA TABLE RONDE & LA CHAISE CONFORTABLE (der runde Tisch und der bequeme Stuhl) – nach bereits sieben Absagen von anderen Verlagen.

---

23. Kapitel

Nachdem die Kontaktanzeige „Biete bemanntes Sofakissen" erschien, findet Hase Jean-Richard eine Woche später nach der Arbeit einen großen Umschlag in seinem Briefkasten.

Mit zittrigen Pfoten öffnet er diesen, während im Fernsehen einige Fußballspielerhasen über einen saftig-grünen Rasen dem runden Leder hinterher sprinten. Doch Hase Jean-Richard ist heute gebannt von den Zuschriften, die er bekommen hat.

Drei Briefe purzeln heraus – einer davon ist ziemlich dick. Diesen wird er sich zum Schluss aufheben, denkt Jean-Richard. Sozusagen als kleinen Appetithappen.

Der erste Brief reizt ihn zum Lachen:

„Können Sie zu dem Sofakissen noch ein passendes Sofa anbieten? Ich zahle auch bar!"

Entweder schrieb hier ein Scherzkeks oder jemand, der die Anzeige mit der eines Möbelhauses verwechselt hat. Auf jeden Fall scheidet diese Zuschrift aus.

„Ich werde dieser Häsin wohl ein paar Möbelprospekte zukommen lassen!", beschließt Hase Jean-Richard großzügig, während der Schiedsrichter im Fernsehen zur ersten Halbzeit pfeift.

Hase Jean-Richard überhört das Pfeifen, die Werbung in der Halbzeit tröpfelt an ihm vorbei. Während er sein erstes „Schlaim", eine Karottenköstlichkeit, nicht vergessen sollte oder ermahnt wird, „Kess-Toilettenpapier" zu verwenden, hat er sich bereits in den zweiten Brief vertieft.

„Hallo – ich heiße Béatrice und möchte gerne wissen, was du – unbekanntes, anschmiegsames Sofakissen – zu bieten hast. Ich bin 32 Jahre alt, arbeite in einem Verlag und hätte große Lust, dich persönlich kennen zu lernen.

Wenn auch du Appetit auf ein Treffen bekommen hast, so melde dich bei mir. Meine Telefonnummer ist: ...

Viele Grüße – Béatrice."

Na, das klingt doch ganz positiv. Und 32 Jahre ist kein abwegiges Alter. Auf jeden Fall ist Béatrice eine Häsin, die Hase Jean-Richard gerne kennen lernen möchte.

Der dritte Brief enthält viele Seiten, die mit einer wahnsinnig großen Schrift bedeckt sind. Diese Dame hat wohl ein spezielles Geltungsbedürfnis?

Ihr Brief jedoch liest sich hochinteressant:

„Hallo, Sofakissen!

Ich finde es toll, dass du so zu deinen Pfunden stehst. Und ich denke, dass du auch ein Pfundskerl bist. Ich würde dich sehr gerne kennen lernen.

Mein Name ist Jacqueline, und ich bin Grundschullehrerin für Deutsch und Sachkunde. Mit meinen Hasen- und Kaninchen-Schülern behandle ich auch die heimische Tier- und Pflanzenwelt, von der ich dir einige Bilder beigelegt habe..."

Hase Jean-Richard blättert die Seiten des Briefes durch und findet zum Schluss tatsächlich Kalenderbilder des Maiglöckchens, der Schlüsselblume und des Wiesenschaumkrauts. Aha – Jacqueline weckt in den Schülern schon früh das Interesse an der Natur. Sehr lobenswert.

„Vielleicht können auch wir beide eines Tages durch die Botanik kriechen, den wunderbaren Duft von frisch gemähtem Gras einatmen, bevor wir es verzehren, und die Nadelbäume miteinander studieren?“

Hase Jean-Richard hält inne. Nadelbäume? Ihm wäre die Heide lieber – Nadelbäume stechen immer, wenn sich zwei, die sich mögen, zum Küssen aneinanderschmiegen.

Außerdem gibt es auf der Heide schönes, ansprechendes Gras, das noch nicht durch Hunde-Urin verunreinigt und somit essbar ist.

Die Heide bietet wenigstens einen weichen Hintergrund, verborgen vor den Blicken Neugieriger. Auf einer Heide jedenfalls stellt sich Hase Jean-Richard Liebe toll vor. Er wird diesen Vorschlag jener Jacqueline unterbreiten, wenn sich zwischen ihnen tatsächlich eine tiefere Beziehung entwickeln sollte.

Jacqueline schreibt noch viel über ihren Schulalltag. Dinge, die Hase Jean-Richard wenig interessieren. Sie scheint mit ihrem Beruf wohl ziemlich verwachsen zu sein.

„Ich hoffe, dass ich dich auf mich neugierig gemacht habe. Wenn ja, dann rufe doch einfach an. Jacqueline – Telefonnummer: ...“

Clever, diese Hasendamen, findet Hase Jean-Richard. Sie geben nur ihre Telefonnummern und ihre Vornamen an, um sich schnell zurückziehen zu können, wenn sie Gefahr wittern.

Zufrieden schiebt Hase Jean-Richard alle drei Briefe in den großen braunen Umschlag und stopft diesen in das Geheimfach seiner Aktentasche. Gleich morgen nach der Arbeit wird er Charles die Briefe zeigen.

Er freut sich jetzt schon auf das Treffen mit seinem neuen Freund.

24. Kapitel

Klasse – du hast bereits vier Zuschrift:innen bekommen?" Charles Petit-Pomme ist begeistert und schwenkt seinen Pappbecher mit der neuesten Kaffeemischung hin und her.

„Vier Briefe – das nennst du viel? Ich hatte, ehrlich gesagt, mit mehr Reaktionen gerechnet." Hase Jean-Richard zeigt sich ein bisschen enttäuscht. „Außerdem scheiden zwei Zuschriften aus. Oslinde hat mir abgesagt, weil ich ihr offensichtlich zu reich bin!" Er lacht bitter. „Und eine andere Hasenperson dachte wohl, ich verkaufe Möbel."

„Du darfst eines nicht vergessen: viele Leute trauen sich nicht, auf eine Kontaktanzeig:in zu antworten." Charles nimmt einen tiefen genüsslichen Schluck aus seinem Pappbecher. „Und wenn sich die restlichen beiden Häsinnen, die dir geschrieben haben, als Volltreffer:in entpuppen sollten, so wirst du in den nächsten Wochen ganz schön beschäftigt sein."

„Meinst du wirklich?" Hase Jean-Richard zweifelt noch immer und reicht seinem Freund den großen braunen Umschlag.

Schweigen breitet sich in dem kleinen Raum aus, in dem Charles als Stationsvorsteher arbeitet. Charles liest interessiert jedes Wort, verzieht sein Gesicht zu einem Grinsen, um dann wieder im nächsten Moment sehr ernst dreinzublicken.

„Mit Jacqueline und Béatrice würde ich auf jeden Fall einen Termin vereinbaren", meint er schließlich. „Der Häsin, die ein Sofa kaufen will, könntest du schreiben, du hättest nur noch ein Bett anzubieten. Mal sehen, wie und ob sie dann reagiert."

„Das geht zu weit!" Hase Jean-Richard winkt ab. „Diese Anspielung wäre ja mehr als direkt. Nachher habe ich eine alte Schachtel am Hals, mit der ich nie im Leben Kontakt haben wollte!“

„Okay – es ist deine Zuschrift. Du musst wissen, wie du antwortest. Vielleicht erwartet diese Dame auch keine Reaktion und wollte sich nur einen Scherz erlauben!“

Dann fügt er hinzu:

„Du kannst ihr aber auch eine Tour:in durch alle Pariser Möbelgeschäfte anbieten! Du bist doch Fremdenführer und kennst dich sehr gut in Paris aus!“

„Stimmt, das ist eine Idee!“, meint Hase Jean-Richard und legt den Brief beiseite.

Der Schwarzlippige Pfeifhase Charles Petit-Pomme atmet tief durch und nimmt den zweiten Brief zur Hand.

„Béatrice schätze ich als unproblematische, frische Häsin ein. Jacqueline scheint ein bisschen umständlich zu sein – wahrscheinlich sucht sie eher einen Naturliebhaber und Wanderfreund. Aber darüber würde ich mich mit ihr persönlich unterhalten.“

Hase Jean-Richard lächelt glücklich. Charles teilt ganz und gar seine Meinung.

25. Kapitel

Am gleichen Abend erreicht Hase Jean-Richard Jacqueline und Béatrice am Telefon. Beide haben sympathische Stimmen und freuen sich offensichtlich sehr über den Anruf. Mit Jacqueline vereinbart Hase Jean-Richard am Freitag, also übermorgen, ein Treffen, mit Béatrice erst am Montag. Beide will er in der Pariser Innenstadt kennen lernen – jedoch in verschiedenen Cafés. Er will nicht, dass ihn das Personal ein- und desselben Cafés zweimal kurz hintereinander mit einer anderen Begleiterin sieht.

Hase Jean-Richard atmet tief durch und beschließt, zur Feier des Tages weiter aufzuräumen und sich von unnötigen Dingen endgültig zu trennen. Zum Beispiel von den Briefen ehemaliger Freundinnen.

„Liebster!" So schrieb ihm einst Gislinde, mit der er über ein Jahr zusammen war. „Deine Augen strahlen wie Rubine – ich sehne mich nach dir, deinem rassigen Fell und deinem Körper…" Diese Worte rinnen runter wie Öl, welche Komplimente! Gislinde zeigte sich lyrisch begabt, aber dieses Kapitel seines Lebens ist endgültig abgeschlossen. Gislinde ist schon lange glücklich verheiratet und wurde erst kürzlich Mutter ihres dritten Hasenjungen.

Oder Vianne, die ihn so berühren konnte, dass er erschauerte. Ihre Briefe klangen belangloser – das, was sie geben konnte, war viel bedeutungsvoller und nicht in Worte zu fassen.

Jean-Richards Pfoten wühlen durch den Karton mit vielen alten Briefen. Warum soll er diese noch aufheben – egal, ob sie literarisch wertvoll waren oder nicht.

Aufatmend stellt er die Kiste vor die Wohnungstür. Sein Freund Christophe ist freiberuflich tätig und besitzt einen Reißwolf. Hase Jean-Richard wird ihn fragen, ob er diese Briefe nicht eines Abends hindurchjagen darf.

Auf einmal scheint es Hase Jean-Richard sehr wichtig, dass sein Stall tipp-topp in Ordnung ist. Denn vielleicht wird er einmal Jacqueline oder Béatrice oder beide einladen.

26. Kapitel

Unter den Briefen ist auch eine Zuschrift, die eine denkwürdige Rolle in Hase Jean-Richards Leben spielte. Die Zuschrift seines einstigen Freundes, des Wildkaninchens Samuel Morel.

„Hallo Jean-Richard", schrieb er ihn einst an, nachdem er Jean-Richards Adresse von einem Freund erhalten hatte. „Sicher willst du wissen, mit wem du es zu tun hast – und vielleicht entwickelt sich aus unserem Briefwechsel eine langanhaltende Freundschaft.

Aus diesem Grunde stelle ich mich ein wenig vor. Ich heiße Samuel Morel und schreibe aus Avignon. Mein erlernter Beruf ist Klavierbauer. Was die Lebensjahre anbelangt, da bin ich vielleicht ein paar Jahre älter als du – macht das was?

Ursprünglich komme ich aus Mauritius. Das ist ein Land in Ostafrika, genauer gesagt, einige Inseln. Wir Nagetiere waren dort lange Zeit nicht heimisch, viele Tiere wurden auf die Inseln eingeführt und angesiedelt, um eine bunte, abwechslungsreiche Tierwelt zu bekommen.

Wegen der Arbeitsmöglichkeiten und, da ich einige Verwandte in Frankreich habe, bin ich vor einigen Jahren nach Avignon gezogen.

Aus Freude am Schreiben suche ich nette Brieffreunde. Ich pflege die Brieffreundschaften von mir aus nicht so ohne Weiteres zu beenden, wie viele es machen. Trotzdem schläft ab und zu ein Kontakt ein, weil plötzlich nicht mehr geantwortet wird. Deshalb schreibe ich hin und wieder eine Adresse an, wie in deinem Falle.

Meine Hauptlieblingsbeschäftigung ist die Malerei. Sehr gerne male ich Portraits. Wenn ich keine Portraits male, male ich immer wieder heile Welt. Man will es so, weil sich jedes Lebewesen nach ein wenig Sicherheit und Frieden sehnt. Aber die Ruhe und Sicherheit, die einstmals war, ist nicht mehr da.

Wer einen Arbeitsplatz hat, bangt mit größter Sorge um seinen Erhalt. Entführte, missbrauchte und getötete Kinder sind an der Tagesordnung. Große Katastrophen, wie Erdbeben, Tsunamis und Wirbelstürme jagen einander. Normale Witterungserscheinungen, wie Sonnenschein, Regen, Schnee und Hagel arten zu Katastrophen aus. Zwischendurch wieder ein paar saftige Terrorakte, die die Angst vor einer schlimmen Krankheit vergessen lassen. Ab und zu muss es überflüssigerweise auch Krieg geben, denn ohne ihn scheinen Hasen, Kaninchen, Menschen und andere Lebewesen gar nicht existieren zu können.

Menschen sind wiederum hauptverantwortlich für die kolossalen Flüchtlingsströme.

Überall hört man von großen Demonstrationen und Gegendemonstrationen. Unter Arbeitskollegen, die früher zusammen Feste feierten, herrscht bitterstes Mobbing.

Nachbarn, die sich helfen und den Wohnungsschlüssel bekamen, um im Urlaub die Blumen zu gießen, sind erbitterte Feinde geworden.

In welcher Ehe klappt es noch richtig? Und dann kam der Corona-Virus.

Wenn ich male, habe ich Zeit zum Nachgrübeln.

Ich bin so modern und glaube, dass es einen Gott gibt. Die Schöpfung – Natur also – ist zu wunderbar, als dass sie von allein so werden konnte, wie sie wurde. Aus nichts wird nichts, so heißt ein lateinisches Sprichwort. Ich glaube, dass der Schöpfer eingreifen und bessere Verhältnisse herbeiführen wird. Lebewesen – auch Nagetiere – haben es oft genug versucht, haben aber die Karre nur weiter in den Dreck geschoben.

Wenn sich jeder, der sich auf der Erde christlich nennt, auch an das, was ihn auszeichnen sollte, hielte, nämlich Nächstenliebe, Ehrlichkeit und Anständigkeit, müsste es anders aussehen. Stattdessen scheinen diese Eigenschaften fast ausgestorben zu sein, obwohl sich doch jeder in einer liebevollen Umgebung viel wohler fühlt.

Mein Brief ist für den Anfang ziemlich lang geworden. Das liegt daran, dass ich es liebe, schriftlich zu plaudern. Aber keine Angst – mein Maß liegt unter einem beidseitig beschriebenen Blatt. Wenn's mehr wird, müssen schon außergewöhnliche Dinge vorliegen.

Es würde mich sehr freuen, wenn ich von dir Antwort erhielte. Ich verbleibe mit vielen lieben Grüßen und besten Wünschen – Samuel."

Samuels Brief klang nett, auch wenn Hase Jean-Richard in vielen Punkten anderer Ansicht war. Aber darüber ließ sich gut schriftlich diskutieren. Ein sehr interessanter Briefwechsel entstand. Beispielsweise über Kunst. Zu dem Thema konnte Jean-Richard viel durch seine zahlreichen Besuche im Louvre beisteuern.

Oder auch über die Schöpfung. Ob es einen Gott gab oder nicht, konnte Hase Jean-Richard für sich selbst nicht beantworten. Er hatte zu viele negative Erlebnisse gehabt, was Kirchen anbelangte. Seitdem hatte er sich von Kirchen ziemlich distanziert.

Das tat jedoch einem lebhaften Briefwechsel zwischen Samuel und Jean-Richard keinen Abbruch.

Und eines Tages war es soweit. Die beiden Nagetiere wollten in Mauritius ihren Urlaub gemeinsam verbringen. Sie trafen sich in der Hauptstadt Port Louis, wo sie einkaufen gingen. Die Karotten und Gurken auf dem Markt schmeckten einfach fabelhaft!

Sie besuchten die Miniaturschiff-Manufaktur in Curepipe. Dort werden Holzschiffe gebaut, die klasse aussehen. Auch das Grand Bassin, ein heiliger Ort der Hindus, besuchten sie. Mit den Götterstatuen, wie Durga und Shiva, konnten sie nicht viel anfangen, aber der Tempel war sehr interessant und sie konnten dort ihre Reise segnen lassen. Zu diesem Zweck wurden ihnen rote Zeichen auf das Fell gemalt.

Der Chamarel-Wasserfall mit sieben Kaskaden sowie der Alexandra-Wasserfall waren ebenfalls atemberaubend.

Sie trafen Schildkröten und Affen, konnten sich mit ihnen aber nicht unterhalten, da sie sie nicht verstanden.

In Mauritius fährt man links, wenn man in Fahrzeugen unterwegs ist – und Jean-Richard und Samuel fuhren oft mit dem Bus oder einem Taxi – und die Landessprachen waren unter anderem Englisch und Französisch. Jedoch beherrschten die Affen und Schildkröten beide Sprachen nicht. Somit war eine Verständigung mit ihnen unmöglich.

So hätte es weitergehen können – eine harmonische Reise. In Grand Baie, einer Art Côte Azur auf Mauritius, war alles noch in Ordnung.

In Pampelmouses jedoch besuchten sie einen botanischen Garten, der unter anderem Grassorten bot, die sie vorher noch nie gekostet hatten. Köstlich schmeckten sie!

Allerdings fing es auf einmal an zu regnen – in Strömen – und Jean-Richard und Samuel suchten nach einem geeigneten Unterschlupf. Das war nicht einfach, da in kurzer Zeit viele Stellen überschwemmt waren.

Da - auf einmal auf einer Seerose schwamm ein Wildkaninchen-Weibchen vorbei! Zwischen ihr und Samuel war es Liebe auf den ersten Blick!

Sie hieß Mireille Zimbelle – und vom ersten Moment an hatte sie nur Augen für Samuel. Sie rettete Samuel und Jean-Richard, weil sie eine gute und ehrliche Dame war. Aber mit Samuel hatte sie den Kaninchen-Mann fürs Leben gefunden.

Samuel kehrte nicht mehr nach Frankreich zurück. Er blieb bei Mireille, heiratete sie und zusammen bekamen sie mindestens zehn Kaninchenjungen.

Als Klavierbauer konnte Samuel weiterhin seinen Lebensunterhalt verdienen. Klaviere waren begehrt in Mauritius für Dschungel- und Regenwaldkonzerte.

Jean-Richard war etwas enttäuscht und kehrte alleine nach Paris zurück.

Von Samuel hat er seitdem nichts mehr gehört.

27. Kapitel

Jacqueline sitzt in dem Café „Donne-moi du chocolat" (gib mir Schokolade) in der Nähe der Universität Sorbonne. Nervös spielen ihre Pfoten mit den Zuckerpäckchen, die neben ihrer Tasse liegen.

Sie ist nicht gut gelaunt, denn gerade wurde sie von ihrem Lieblingskollegen, dem Marschkaninchen Pascal, versetzt. Mit ihm wollte sie sich wieder treffen.

Er unterrichtet seit Jahren an einer anderen Grundschule und arbeitet für einige Nachhilfeinstitute. Seitdem haben sie sich etwas aus den Augen verloren. Wäre Jacqueline nicht daran interessiert, den Kontakt zu halten und sich immer wieder bei Pascal zu melden, wäre der Kontakt wohl längst eingeschlafen.

Erst gestern hat er folgende Nachricht auf ihr Smartphone geschickt:

„Sorry für meine ganz späte Antwort – aber ich hatte in den letzten Monaten von Ende Februar bis Ende Juli sehr wenig Zeit.

Von Ende Februar bis Ende Juli hatte ich viel Stress. Wenn keine Ferien waren, hatte ich von Dienstag bis Donnerstag alle Nachmittage mit Nachhilfe belegt. Ich war in verschiedenen Städten unterwegs. Am Dienstag war ich in einem Gymnasium in Saint Denis und gab Nachhilfe in Klasse 7 und Klasse 8 in Französisch.

Blöd war immer nur, dass ich dorthin fuhr und die Schüler nicht kamen. Von mir wurde verlangt, dass ich da war - aber die Schüler wollten sich nicht abmelden. Sie erschienen einfach nicht, wenn sie keine Lust hatten.

Diese Nachhilfe im Gymnasium war und ist ein Projekt der französischen Regierung, um Schüler, die Lernlücken haben, in bestimmten Fächern zu helfen. Diese Aktion ging bis Juli und nennt sich ‚la capacité de l'Etat d'aider les élèves' oder kurz ‚Rückenwind'.

Von 17 Uhr bis 17.45 Uhr betreute ich noch einen 12-jährigen Baumwollschwanzkaninchen-Schüler, der argentinischen Migrationshintergrund hat.

Er brauchte wirklich Hilfe in Französisch, da diese Sprache zu Hause nicht gesprochen wird.

Am Mittwochnachmittag - wenn keine Ferien waren - hatte ich zwei Nachhilfeschülerkaninchen in Saint Denis und in Versailles. Von 15 Uhr bis 17.00 Uhr. In Englisch und Latein. Das war irgendwann okay, da eine Schülerhäsin, um die ich mich von 17.00 Uhr bis 18.30 Uhr hätte kümmern sollen, abgesprungen war. Sie hatte keine Lust auf Nachhilfe. Dabei hätte ihr die Regierung die Nachhilfe bis Ende Juli bezahlt.

Und am Donnerstagnachmittag hatte ich einen Englischkurs in einem Nachhilfeinstitut in Versailles. Dieser dauerte zuerst 90 Minuten, da drei Schülerhasen kamen. Leider gab es das Problem, das zwei von ihnen keine Aufgaben machen wollten, wenn ich mich nicht mit ihnen befasste. Das war schon ziemlich blöd, aber ich hatte mich daran gewöhnt. Einer der Schüler war auch Teil des ‚Rückenwind-Programms', das im Juni für ihn vorbei war.

Deswegen kann ich dich im Moment nicht treffen, weil ich einfach nicht weiß, wann es möglich ist. Darum grüße ich dich erst mal und wünsche dir alles Gute.

Ich melde mich wieder bei dir, wenn ich mehr Zeit habe."

Und nun wartet Jacqueline auf Jean-Richard. Oder das „Sofakissen". Sie ist aufgeregt, mahnt sich aber innerlich zur Ruhe. Wo ist ihre Forschheit geblieben, mit der sie ihre Schüler in Schach hält?

Sie beobachtet die Tiere im Café. Nur selten sitzen Nagetiere alleine am Tisch. Einige Frettchen und Erdhörnchen, die an der Sorbonne studieren, haben sich um einige Tische geschart, ihr munteres Plappern erfüllt den Raum. Pärchen trinken Kaffee und probieren Köstlichkeiten vom Gemüsebüffet.

Jacqueline sieht unruhig auf die Uhr. Gleich ist es 17 Uhr, die Zeit, die sie mit Hase Jean-Richard vereinbart hatte. Sie wühlt in ihrer Schultertasche und holt die Zeitschrift „Paris Match" hervor. Diese Zeitschrift dient als Erkennungsmerkmal, und Jacqueline platziert sie rechts neben der Kaffeetasse.

Sie nimmt einen Schluck des köstlichen, starken Getränks und leckt sich die Lippen. Die Tür des Cafés öffnet sich wieder, ein etwas korpulenter Hase mit beigefarbener Krawatte mit weißen Tupfen schreitet herein.

Das „Sofakissen"? Könnte sein, denn der Herr versucht, unauffällig jeden Tisch, an dem er vorbeikommt, mit seinen Blicken zu streifen.

Schließlich erspäht er die wohlweislich hingelegte Zeitschrift „Paris Match". Sein Blick erhellt sich:

„Darf ich mich setzen?"

Jacqueline nickt und mustert ihn möglichst unauffällig. Schlecht sieht er nicht aus – nur einen Bauch hat er. Aber den kann er sich wegtrainieren. Nichts ist unmöglich.

„Sie sind der Hase aus der Kontaktanzeige, nicht wahr?" Jacquelines Mund verzieht sich zu einem leichten Lächeln. „Sofakissen" will sie nicht sagen – das klänge albern. Vielleicht schon fast wie eine Beleidigung, obwohl er den Ausdruck selbst gebraucht hat.

„Ja, der bin ich. Ich heiße Jean-Richard, und Sie sind Jacqueline – nicht wahr?"

Jacqueline nickt. Sie beißt sich auf die Lippen.

„Der Kaffee schmeckt ausgezeichnet hier. Den sollten Sie sich auch bestellen."

Eine Verlegenheitsfloskel zum Anfang ihres Treffens. Aber was soll sie sagen? Irgendwie fehlen ihr die richtigen Worte, um ein Gespräch in Gang zu bringen.

Eine Kaninchen-Kellnerin hoppelt herbei, und Hase Jean-Richard bestellt sich eine Tasse Kaffee. Dann räuspert er sich.

„Was machen Sie beruflich?"

Er weiß zwar, dass sie Lehrerin für den Hasen- und Kaninchen-Nachwuchs ist. Sie hat es ihm doch ausführlich geschrieben. Aber der Beruf ist sicherlich ein gutes Thema, um sich zu beschnuppern.

Sie greift diesen sinnbildlichen Angelhaken auf, den er ihr zuwirft. Denn über nichts redet sie lieber als über ihren Beruf.

„Ich bin Lehrerin, wie Sie ja schon wissen. Mein Beruf macht mir Riesenspaß. Ich unterrichte zurzeit vorwiegend die Junghasen und Jungkaninchen der ersten Klasse." Ihre Augen leuchten, ihre Gedanken scheinen sich auf Reisen zu machen. Auf Reisen zu ihren Schülern.

„Sehr interessant", pflichtet er ihr bei.

Sie fühlt sich ermutigt und erzählt weiter. Die Worte kommen schneller, sprudeln beinahe schon heraus:

„Meine Kollegen und auch der Schulrat finden, dass ich eine sehr gute Methode entwickelt habe, den Nagetier-Schülern das Alphabet beizubringen. Ich sammle Pappdeckel, male den Buchstaben darauf, den ich vermitteln will, und schneide ihn aus. Dann halte ich diesen Papp-buchstaben in die Höhe und erkläre, den Blick auf meine Schüler gerichtet:

‚Das ist ein ‚U', Kinder. Sprecht mir bitte laut nach: ‚Uuuuuuh'."

„Aha." Hase Jean-Richard weiß nicht so recht, welchen Kommentar er abgeben soll. Über die Unterrichtsmethoden für Nagetier-Grundschüler hat er sich lange keine Gedanken mehr gemacht. Die Kellnerin serviert unterdessen seinen Kaffee, und er nimmt einen tiefen, genüsslichen Schluck.

Jacqueline schweigt, und Hase Jean-Richard ist irritiert. Sie wartet auf eine längere Meinungsäußerung über ihre Unterrichtsmethode. Ausführlicher als das Aha, das er soeben von sich gegeben hat.

„Wissen Sie", meint er schließlich, „ich kann über diese Art der Wissensvermittlung nicht viel sagen. Denn ich bin Fremdenführer in Paris. Ich verkaufe also Führungen."

„Führungen?" Sie schaut schon beinahe blöd drein. So, als habe er Ufos gesagt.

„Ja – Führungen", bestätigt er mit einem ungeduldigen Unterton. „Ist es denn so ungewöhnlich, wenn jemand Fremdenführer in Paris ist? Immerhin ist Paris eine Weltstadt und interessant für viele Touristen."

„Nein!" Sie schüttelt den Kopf, und er ist genauso schlau wie vorher. Das Gespräch zieht sich hin wie klebriger Gummi. Er jedenfalls hatte sich ein solches Kontaktgespräch lebhafter vorgestellt.

Er mustert sie. Schlecht sieht sie nicht aus. Etwas pummelig, aber sie kaschiert ihre Figur mit der richtigen Kleidung. Kleidung, die sie aufregend erscheinen lässt. Ein aparter Blazer in Schwarz, dazu noch eine goldene Halskette.

Das kurze Fellhaar ist von blonden Strähnen durchzogen – wie Gras, das langsam ausgebleicht wird. Die Grundfarbe der Haare ist undefinierbar – wahrscheinlich beigegrau.

Ja, sie sieht nett aus. Er zeigt sich offen. Aber trotzdem fehlt dem Treffen die Wärme. Irgendetwas stellt sich hartnäckig wie eine Barriere zwischen sie.

Er ahnt nicht, wie sie innerlich kämpft und zittert. Am liebsten möchte sie das Café verlassen, fort von diesem fremden Hasen, der nichts von Unterrichtsmethoden versteht. Obwohl jedem Idioten einleuchten müsste, was für eine grandiose Lehrerin sie ist.

Das Gespräch stockt, sie sehen aneinander vorbei, rühren irritiert in ihren Kaffeetassen.

Er getraut sich nicht, sie zu fragen, ob er aus seinem Berufsleben plaudern soll. Eigentlich will er gar nicht über die Arbeit reden, die Koreaner sind vor einigen Tagen zufrieden abgereist, und einige Projekte in Südamerika entwickeln sich im Moment zu handfesten Aufträgen.

Eine Tatsache, die ihn zu Recht mit Stolz erfüllt.

Endlich kommt ihm ein außergewöhnlicher Einfall.

„Haben Sie Hobbys?", fragt er sie.

„Oh ja!" Sie scheint wieder zum Leben erweckt. Wie von den Toten auferstanden. Lebhaft berichtet sie von ihren Streifzügen in Wald und Flur. Sie erzählt, wie sie Gräser und Blumen sammelt und probiert. Alles, was sie nicht probiert, presst sie sorgsam, klebt es dann auf weißes Papier und beschriftet das Ganze. Diese Blumenbilder helfen ihr, ihren Unterricht noch spannender zu gestalten.

Hase Jean-Richard hockt ergeben auf seinem Stuhl und sagt keinen Ton. Er fühlt sich gnadenlos einer Alleinunterhalterin ausgesetzt. Einer Kaninchen-Dame, die keinen klitzekleinen Zentimeter ihres Innenlebens öffnet. Einer Kaninchen-Lehrerin, für die der Beruf ein und alles zu sein scheint.

Wie erleichtert ist er, als sie mit einem Blick auf ihre Armbanduhr ausruft:

„Oh – schon 18 Uhr vorbei! Ich habe um 19 Uhr noch einen Termin und muss mich jetzt beeilen! Es war nett, Sie kennen zu lernen!"

Er weiß, dass dies nur eine Höflichkeitsfloskel ist. Eine Floskel, die man dahinsagt und nicht ernst meint.

„Sehen wir uns wieder?", fragt er. „Unser Treffen war reichlich kurz."

„Ja, ich denke schon!" Sie schenkt ihm ein zauberhaftes Lächeln. „Dann muss ich Ihnen unbedingt von meinen Wanderungen durch die Lüneburger Heide erzählen! Rufen Sie mich an, ja?"

Ihn interessieren ihre Wanderungen so wenig wie ein Ameisenhaufen in China. Und Lust, sie anzurufen, verspürt er auch nicht gerade. Trotzdem nickt er, denn aufgeben möchte er nicht sofort. Ein erstes Treffen birgt immer Risiken, man muss sich beschnuppern, sich aneinander herantasten.

Er sollte nicht so ungeduldig sein, denkt er. Vielleicht entpuppt sich Jacqueline doch noch als „Frau fürs Leben", die sich gerne an sein „Sofakissen" schmiegt.

Schnell zahlt er seine Tasse Kaffee und hastet aus dem Raum ins Freie.

28. Kapitel

Zu Hause wartet ein weiterer Umschlag auf ihn. Neue Reaktionen auf seine Kontaktanzeige.

Enttäuscht registriert er gerade zwei Zuschriften, eine davon kann er wieder vergessen:

„Hey, Sofakissen! Möchtest du nicht auf den Geschmack der Homosexualität kommen? Lasse die Häsinnen Häsinnen sein – sie bieten nur Enttäuschungen. Probiere es mit mir – ich bin stark, männlich und anschmiegsam. Zusammen bilden wir sicherlich ein Traum-Team und können wie zwei Raumschiffe durch alle Phasen der sexuellen Lust fliegen."

Nein, Hase Jean-Richard fühlt sich nicht wie ein Raumschiff, er möchte auch keines werden. Soll er auf den Brief des Homosexuellen antworten? Er weiß es nicht und legt ihn erst einmal zur Seite.

Der zweite Brief klingt vielversprechend:

„Hallo – mich interessiert, welcher anschmiegsame Hase sich hinter dieser Kontaktanzeige verbirgt. Ich möchte dich gerne kennen lernen. Du wirst es nicht bereuen. Rufe mich einfach an. Gruß, S. – Telefonnummer: …"

„S" – das ist schlau. Diese Häsin will noch im Verborgenen bleiben, will nicht allzu viel von sich preisgeben.

Ihr kurzer Brief spricht ihn an, und er wählt ihre Nummer. Es ist halb acht – die meisten Pariser Nachtschwärmer sitzen noch vor dem Fernseher oder bereiten sich auf einen netten Abend in einer Kneipe oder sonst wo vor.

Aber Sandrine Vaillant weilt noch in ihrer Wohnung und nimmt ab:

„Ja?"

„Ja?" – das klingt vorsichtig, stellt Hase Jean-Richard verwundert fest. Man schützt sich als weibliches Wesen vor obszönen Anrufern, indem man einfach zuerst seinen Namen nicht verrät.

„Guten Abend – ich bin der Hase aus der Kontaktanzeige. Ihren Brief habe ich heute erhalten und möchte Sie gerne kennen lernen!"

Wie schnell ihm diese Sätze von der Zunge gleiten – wie Öl. Und das nach einem enttäuschenden Treffen mit Jacqueline. Aber irgendein Erfolgserlebnis braucht Hase Jean-Richard an diesem Abend noch!

Er hört einen erleichterten Seufzer am anderen Ende:

„Ach – Sie sind es! Wie schön, Sie zu hören! Tja – was halten Sie von einem Treffen am nächsten Mittwoch um sechs im ‚Le Rhinozeros n'est pas absent' (Das Rhinozeros ist nicht abwesend) am Pigalle?"

„Ja – ich bin einverstanden!" Hase Jean-Richard lächelt. Die Stimme am anderen Ende klingt sympathisch, erinnert ihn ein wenig an Sandrine Vaillant. Aber am Telefon kleingen Stimmen immer anders – also kann er sich auch täuschen.

„Wie erkennen wir uns?", fährt er fort. „Ich schlage vor, Sie legen die neueste Ausgabe der Zeitschrift ‚Paris Match' rechts neben Ihre Kaffeetasse."

Ein guter Vorschlag – sie ist einverstanden.

„Also dann, tschüss, Fräulein S. – Äh, wie heißen Sie eigentlich?"

„Das sollte ich Sie fragen!", kommt die Retourkutsche vom anderen Ende der Leitung.

„Ich heiße Hase Jean-Richard – okay?" Er seufzt.

Jean-Richard. So heißt auch ihr Arbeitskollege. Aber er wird wohl gerade nicht mit ihr sprechen. In Frankreich heißen doch mindestens 26,7 Prozent aller Männer mit Vornamen Jean-Richard.

„Angenehm. Ich – äh – heiße Stéphanie!" Sie lügt, um sich noch einen Rückzieher offen zu lassen. Soll er doch denken, sie heiße Stéphanie. Stéphanie ist ebenfalls ein hübscher Name, der mit S anfängt.

„Fabelhaft, Stéphanie! Also dann, tschüss, bis Mittwoch. Und noch einen schönen Abend!"

„Das wünsche ich Ihnen auch", meint sie freundlich und legt auf.

Dann macht sie sich auf den Weg ins Fitnesszentrum.

---

29. Kapitel

Béatrice Chanterelle verlangt dieser Montag starke Nerven ab. Wieder gibt sie nach einer langen Besprechung Manuskripte aus dem Ausland zur Veröffentlichung frei und steckt die Arbeiten französischer unbekannter Autoren ungelesen zum Zurücksenden in einen Ablagekasten auf ihrem Schreibtisch.

Darüber hinaus vertraut ihr ein Bekannter ein Geheimnis an. Die Schwester seiner Frau arbeitet im Verlag TOUT N'EST PLUS PERDU (alles ist nicht mehr verloren) in Guéblange-lès-Dieuze. Dort, wohin Béatrice eine Kopie ihres wertvollen Manuskriptes vor vier Monaten eingesandt und seitdem nie wieder etwas gehört hat.

„Leider hat Annette bestätigt, was du vermutet hast. TOUT N'EST PLUS PERDU liest kein einziges Manuskript aus Frankreich, sondern jagt diese sofort durch den Reißwolf. Das Rückporto, das die Absender hoffnungsvoll beilegen, um ihre teuren Kopien zurückzuerhalten, landet in dunklen Kanälen."

Béatrice lässt etliche Stapel unerledigter Auslandsmanuskripte auf ihrem Schreibtisch zurück, als sie zur U-Bahn hetzt. Um 17 Uhr sperrt sie keuchend die Wohnungsstalltüre auf.

Noch zwei Stunden bis zu dem Treffen mit dem „Sofakissen". Sie muss sich beeilen, will sich duschen, ein frisches T-Shirt anziehen...

Doch nichts von alledem kann sie verwirklichen. Hinter der Tür erwartet sie Maxim. Offensichtlich kommt er aus der Dusche – sein fluffiges Fell ringelt sich nass um seinen Kopf, ein weißes Duschhandtuch ist leger um seinen Körper geschlungen. Einige Wassertropfen glänzen wie verlorene Perlen auf seinem muskulösen Körper.

„Darling, lasse dich küssen!" Liebevoll zieht er sie an sich und küsst sie. Selbst seine Zähne hat er geputzt – frischer Atem schlägt ihr entgegen wie eine Meeresbrise. Frischer Atem, vermischt mit etlichen Tropfen Nagermännerparfüms. Er hat sich rasiert, sein Gesicht ist weich – fast wie ein Kaninchenkinderpopo.

Ein Kaninchen-Männchen zum Liebhaben. Nur heute hat sie keine Zeit.

„Maxim, ich habe ein Treffen um 19 Uhr mit einer Schulfreundin in der Stadt. Die Zeit rennt mir davon. Ich will noch duschen..."

„Liebling!" Seine Stimme klingt beruhigend, herrlich beruhigend. „Für eine kleine Zweisamkeit reicht deine Zeit allemal."

„Maxim – bitte jetzt nicht. Ich versäume sonst die Metro und komme nicht pünktlich..." Sie fühlt sich verschwitzt und unsauber und sehnt sich nach ein paar kühlenden, reinigenden Wasserstrahlen.

„Liebling – nicht doch. Warum bist du so aufgeregt?" Er zieht sie fester an sich, fasst mit einer Hand unter ihr Shirt und massiert ihre Brustdrüsen. „Ich will dich jetzt, so, wie du bist. Ich will dir den Schweiß von deinem schönen Körper küssen, ich will..."

Was er will, geht unter im Strudel ihrer Gedanken. Verlockend dringen Maxims Worte an ihr Ohr, aber sie will doch pünktlich sein. Gleichzeitig schmilzt sie unter seinen Berührungen dahin und ärgert sich über sich selbst. Warum reagiert sie so sehr auf ihn, warum wird sie gleich schwach, wenn er nur ein bisschen mit ihren Brustdrüsen spielt?

Er zieht sie zu ihrer Schlafkiste, immer noch gleichmäßig ihre Brustdrüsen massierend. Sanft legt er sie hin, ist sofort über ihr und zieht alle Register seines Könnens. Sein heißes Maul ist überall auf ihrem verschwitzten Fell, nachdem er ihren Oberkörper frei gemacht hat.

Sie kann sich ihm nicht entziehen und merkt, dass er ziemlich ausführlich vorgeht. So, als gäbe es keinen Computer, kein Internet, keine Stadtschreiberaufgaben und keine Termine. Und kein Treffen mit irgendjemandem um 19 Uhr. Warum hat er heute so viel Zeit – ausgerechnet dann, wenn sie einen Termin hat?

Er saugt an ihren Brustdrüsen, während er mit einer Pfote ihren Jeansknopf öffnet. Schnell befreit sie sich von ihrer Hose, um keine Zeit zu verlieren.

Und wieder ist er über ihr, mit aller Zeit der Welt.

„Ich habe eine Überraschung für dich, Liebling!", murmelt er und streichelt ihren Körper.

Sie erschauert. Er tut das, was sie täglich in jedem zweiten ausländischen Manuskript liest, aber selbst noch nicht erlebt hat. Er tut das, was ausländische Autoren schon tausend Male erlebt zu haben scheinen: Er verschafft ihr einen Orgasmus mit seiner Zunge.

Sie stöhnt – und sie merkt erstaunt, dass sie mehrmals kommt. Diese sexuellen Höhepunkte sind anders, als die, die sie bisher erlebte.

Seine Zunge gleitet an ihre Hinterpfoten, leckt ihren Schweiß von ihrem Fell. Sein Penis ist fest und hart – er ist erregt und schnauft. Schnell stößt er sich in sie – wie einen Dolch.

Sie schreit, und er verschließt ihr Geäse (Maul) mit einem Kuss. Sie schreit, als sie kommt. Schon wieder. Sie explodiert innerlich, ihr Geist fliegt in Fetzen umher, als er sich endlich in sie ergießt.

30. Kapitel

Sie hetzt durch die Innenstadt. Anschließend stürmt sie keuchend über den Place de la Concorde.

„Was für ein toller Orgasmus!", denkt Béatrice. Aber warum ausgerechnet heute? Heute, wenn sie einen anderen Nager treffen will.

Einen Hasen, mit dem sie Maxim eifersüchtig machen wollte – aber er scheint bereits Lunte gerochen zu haben.

Nur kurz konnte sie sich noch waschen – Spuren des gerade genossenen Liebesspiels haften noch an ihren Schenkeln und vermischen sich mit dem Schweiß, der über ihr Fell perlt.

Zehn Minuten nach 19 Uhr – Béatrice betritt atemlos das Café „4-Port-Type-A-USB" und lässt sich auf einen Stuhl fallen. Verstohlen blickt sie sich um – wer von den Tieren könnte jener magische Unbekannte, der seinen Bauch als „Sofakissen" bezeichnet, sein?

Siedend heiß fällt ihr ein, dass sie „Paris Match" vergessen hat. „Paris Match" – jene Zeitschrift, die sie rechts neben ihr Getränk platzieren wollte. Als Erkennungszeichen.

Auch das noch! Eigentlich kann sie gleich nach Hause hoppeln. Ihr Gesicht ist knallrot von der Hektik und vor Ärger, und sie bestellt sich einen Brokkoli-Salat-Smoothie.

Wieder schweifen ihre Blicke durch das Café, mustern jeden Besucher. Deren Bäuche sind wohlweislich unter den Tischen versteckt, und so sieht man nicht, wer einen sogenannten „Bierbauch" sein Eigen nennt und wer nicht. Korpulente Hasenmännchen gibt es schon – aber mindestens vier oder fünf. Soll sie jeden von ihnen ansprechen und fragen, ob er auf eine Häsin Béatrice wartet?

Nein, beschließt sie, diese Blöße will sie sich nicht geben. Aber, was soll sie dann tun?

Lustlos nippt sie an ihrem Smoothie und überlegt fieberhaft. Die Situation ist verfahren. Sie beschließt, ihren Smoothie zu trinken und dann wieder nach Hause zu fahren. Maxim wird sich freuen!

Das „Sofakissen" wird sie anrufen und einen neuen Termin vereinbaren, nachdem sie sich höflich entschuldigt hat.

<hr>

31. Kapitel

<hr>

Hase Jean-Richard hat sich ein wenig verspätet. Fünf Minuten nur, aber immerhin. Er hasst Verspätungen – und jetzt begeht er selbst diesen Fehler. Unverzeihlich.

Vielleicht ist Béatrice schon gegangen. Denn nirgendwo auf den Tischen prangt die Zeitschrift „Paris Match".

Aber vielleicht hat sie sich auch verspätet, wühlt sich noch durch den dichten Verkehr in Paris und sucht verzweifelt nach einer günstigen Parkmöglichkeit. Oder die Metro hatte Verspätung.

Er rührt in seiner Kaffeetasse, was ein Geräusch wie Glöckchen erzeugt. Sollte Béatrice ein Volltreffer sein, würde er Jacqueline endgültig absagen. Aber jetzt scheint es, als habe Béatrice in letzter Minute noch einen Rückzieher gemacht oder sonst was.

Er wartet und beobachtet die Eintretenden. Eine jugendlich aussehende Kaninchen-Dame mit blau-grauem Fell stürzt herein, atemlos, erschöpft. Schnell sieht sie sich nach einem freien Tisch um und setzt sich. Unruhig schweifen ihre Blicke über die Anwesenden. So, als würde sie jemanden suchen.

Ihr hübsches Hasengesicht wird knallrot, sie schüttelt den Kopf. So, als habe sie etwas vergessen oder versäumt. Vielleicht ist es Béatrice, die „Paris Match" vergessen hat. Das kann doch mal passieren.

Fünf Minuten wartet er noch, beobachtet, wie das hübsche Kaninchenmädchen ein Glas Smoothie bekommt.

Wieder sieht sie im Raum umher – beinahe schon wie ein gehetztes Reh. Verzweiflung breitet sich auf ihrem Gesicht aus.

In diesem Moment steht er auf. In der Hand die neueste Ausgabe der Zeitschrift „Paris Match".

Langsam schlendert er an den Tischen entlang. Das sprudelnde Lachen einer Eichhörnchen-Studentenclique hallt durch den Raum.

Hase Jean-Richard kommt an der blau-grauen Kaninchendame vorbei, deren Pfoten sich krampfhaft um das Glas mit Smoothie geschlungen haben.

Plötzlich reißt sie ihre Augen weit auf.

„'Paris Match'! Ich habe diese Zeitschrift daheim vergessen. Könnten Sie mir Ihr Exemplar ausleihen?"

„Nicht nötig!" Er lächelt sie an. „Darf ich mich vorstellen? Ich bin Hase Jean-Richard – aus der Kontaktanzeige."

„Gott sei Dank!" Sie atmet sichtlich auf. „Ich hatte mir schon solche Gedanken gemacht! Mein Tag war heute zu hektisch. Und in der Eile habe ich die Zeitschrift vergessen!"

„Aber wir haben uns doch getroffen! Ich habe Sie schon die ganze Zeit beobachtet, wusste allerdings zuerst nicht, wie ich Sie auf mich aufmerksam machen sollte!" Seine Pfote packt die Lehne des freien Stuhls neben ihr.

„Er ist so richtig hasentypisch", denkt sie. „Genau wie ich!" Sie ist gerührt und meint laut:

„Wollen Sie sich nicht zu mir setzen? Ich bin froh, dass ich Sie doch noch getroffen habe."

„So geht es mir auch!" Er strahlt und holt seine Kaffeetasse. Dann setzt er sich neben sie.

„Haben Sie schon mit vielen Häsinnen und Kaninchen-Damen wegen Ihrer Anzeige Kontakt aufgenommen?"

Er räuspert sich:

„Das nicht gerade. Wissen Sie – viele Tiere antworten nicht auf Kontaktanzeigen! Und Nager erst recht nicht."

Sie nickt.

„Es hat mich auch Überwindung gekostet! Aber ich dachte, wenn ich es nicht einfach mal probiere, habe ich nie Erfolg!"

„So geht es mir auch!" Hase Jean-Richard entspannt sich. Diese Béatrice gefällt ihm. Trotz ihres hektischen Arbeitstages scheint sie locker und gelöst. Und es ist überhaupt nicht schwer, sich mit ihr zu unterhalten.

„Es war wohl Ihre erste Kontaktanzeige, nicht wahr?" Sie nippt an ihrem Orangensaft. Die knallige Röte hat sich aus ihrem Gesicht verabschiedet, ihre Haut unter ihrem hübschen Fell überzieht ein rosiger Teint.

„Ja!", antwortet er wahrheitsgemäß, denn er will Béatrice nicht anlügen. Sie scheint so offen und ehrlich zu sein, dazu sieht sie attraktiv aus. Warum ist eine solche Traumkaninchen-Dame noch nicht längst unter der Haube?

Er spricht diesen Gedanken nicht aus und meint:

„Bevor wir unsere Unterhaltung fortsetzen, sage ich Ihnen gleich, dass ich beruflich Fremdenführer in Paris bin. Ich verkaufe also Führungen. Ich sage es Ihnen deshalb, damit Sie Bescheid wissen und ich heute Abend nichts mehr über meinen Beruf erzählen muss. Solche Gespräche sind entsetzlich langweilig!“

Sie lächelt zauberhaft.

„Genau das denke ich auch. Ich arbeite als Lektorin in einem Verlag. Welcher das ist, ist unwichtig. Ich bin dafür zuständig, einheimische Manuskripte abzulehnen und ausländische zu akzeptieren!“

„Wirklich?“ Er ist erstaunt. „Das grenzt an Rassismus! Warum müssen Sie das tun?“

„Das erzähle ich Ihnen ein anderes Mal!“ Sie trinkt den letzten Schluck Brokkoli-Salat-Smoothie. „Heute wollten wir doch nicht über das Berufsleben reden.“

Er schüttelt den Kopf. Nicht nur hübsch ist sie, sondern auch schlagfertig.

Und er fühlt eine wachsende Vorfreude, sich auf das Abenteuer Béatrice einzulassen.

32. Kapitel

M it Béatrice könnte ich echt warm werden!“ Hase Jean-Richard strahlt Charles Petit-Pomme an, als sie im Arbeitsraum der S-Bahn-Kantine Kaffee trinken. „Aber Jacqueline war eigentlich eine Enttäuschung. Eine richtige Lehrerin, die nur über ihren Beruf quatschte, sich aber privat keineswegs öffnen wollte.“

„Vielleicht war das nur die Anfangsschüchternheit:in“, beruhigt ihn der Schwarzlippige Pfeifhase Charles und nimmt einen großen Schluck Kaffee aus seinem Pappbecher. „Ich würde Jacqueline an deiner Stelle noch nicht aufgeben, sondern sie nochmals treffen. Vielleicht entwickelt sich doch noch eine tiefere Beziehung:in zwischen euch."

Hase Jean-Richard genießt diesen Dienstagstreff nach Feierabend mit seinem neuen Freund. Er hat ihm die beiden Begegnungen geschildert und ist froh, dass er sich mitteilen kann.

„Du hast Recht – ich werde Jacqueline anrufen. Vielleicht können wir uns nächste Woche wieder treffen. Dann bricht vielleicht auch das Eis zwischen uns, und eine Häsin kommt zum Vorschein, die ich noch gar nicht kenne."

„Ja – man hört oft die seltsamsten Dinge, welche Tiere doch noch zu glücklichen Paaren wurden." Charles schaut sinnierend an die Decke.

„Apropos – seltsame Verbindungen und glückliche Paare. Wie geht es eigentlich dir und deiner Frau?"

Charles lächelt. „Das Übliche. Wenn Elvira nichts zu schimpfen hat, dann fehlt ihr etwas."

„Und das hältst du tagtäglich aus? Warum lässt du dich nicht scheiden? Ich meine, eine schlechte Ehe kann ganz schön das Leben vermiesen."

„Frage mich etwas Leichteres. Manchmal habe ich schon daran gedacht, Elvira den Laufpass:in zu geben." Charles seufzt. „Aber irgendwie schaffe ich es nicht."

„Habt ihr denn überhaupt noch Sex miteinander?" Hase Jean-Richard denkt, seinen Freund jetzt gut genug zu kennen, um ihm diese intime Frage stellen zu können. Teilt er mit ihm nicht ebenfalls Erlebnisse, die man ansonsten nicht jedermann erzählt?

Charles ist gar nicht erstaunt über diese Frage. Irgendwann musste sie mal kommen.

„Das ist es ja gerade – sie ist großartig im Bett:in, während ich sie oft – was Sex und Sex:in anbelangt - enttäusche."

„Ah – ein psychologisches Problem. Und dann denkt sie, sie könne dich im täglichen Leben mächtig herunterputzen. Kratzt das nicht am Selbstbewusstsein?"

„Manchmal ja. Aber in meinem Beruf bin ich hervorragend.“

„Trotzdem, Charles, ich würde mein Leben nicht durch eine miese Ehe ruinieren!“

„Ich werde darüber in einer ruhigen Minut:in nachdenken.“

Charles hat schon oft an eine Trennung von seiner Frau gedacht. Vielleicht geben Jean-Richards Erlebnisse mit Frauen, die auf Kontaktanzeigen reagieren, auch ihm den Mut, nach einer liebevollen Partnerin zu suchen?

33. Kapitel

Sandrine Vaillant sitzt um 17.50 Uhr im Café „Le rhinozeros n'est pas absent'“ am Pigalle. Nervös trommelt sie auf die Tischplatte. Wieder nimmt sie einen Schluck des exzellenten Cappuccinos.

Sie ist pünktlich, überpünktlich. Gott sei Dank konnte sie sich rechtzeitig vom Büro loseisen. Sie arbeitete bis zum Umfallen. Morgen wird sie ihre Koffer packen, und am Freitag fliegt sie nach Gran Canaria, in ihren wohlverdienten Urlaub.

Zwei Wochen Sonne, Nichtstun, Palmen, sie freut sich darauf.

Und jetzt sitzt sie hier und wartet auf das „Sofakissen“. Noch fünf Minuten bis 18 Uhr. Sie befördert die neueste Ausgabe von „Paris Match“ aus ihrer schwarzen Handtasche. Sorgsam legt sie die Zeitschrift rechts neben ihre Tasse.

Sie räuspert sich und streicht über ihr braunes lockiges Fell am Kopf. Sieht sie gut aus? Obwohl sich Sandrine darüber keine Sorgen zu machen braucht, tut sie es doch. Sie ist wie alle Häsinnen, die ständig an sich herumkritisieren.

Mit steigendem Alter ist das Kritisieren sogar noch extremer geworden. Wahrscheinlich, weil sie noch nicht den „Nager fürs Leben" gefunden hat, der ihr täglich sagt, wie toll sie aussieht.

Sandrine zieht einen Taschenspiegel heraus und betrachtet sich eingehend. Nach ihrem Urlaub sollte sie unbedingt eine Kosmetikerin aufsuchen, denn an ihren Wangen prangen einige störende Mitesser. Mitesser, die allerdings außer ihr niemandem auffallen.

18 Uhr. Wie auf Kommando fliegt die Türe auf, und ein junges Hasenpärchen springt herein. Die beiden sind circa 20 Jahre alt und strahlen sich hingebungsvoll an. Sandrine wird beinahe neidisch. Jung müsste man wieder sein – dann würde man die Liebe unbeschwerter sehen. Je älter man wird, desto mehr Panik scheint aufzukommen – wenn man immer noch nicht in festen Pfoten ist.

Sandrine schaut auf die Uhr. Fünf Minuten nach 18 Uhr. Vielleicht hat sie sich im Café oder in der Zeit geirrt?

Wieder fliegt die Türe auf – und Sandrine erstarrt. Jean-Richard! Was tut der denn hier?

Forsch hüpft er durch die Reihen – und Sandrine räumt blitzschnell die Zeitschrift „Paris Match" weg. Nein, er kann und darf nicht das Sofakissen sein!

34. Kapitel

Hase Jean-Richard ärgert sich heute über die Unpünktlichkeit der öffentlichen Verkehrsmittel. Oder kam er zu spät ins Café „Le rhinozeros n'est pas absent", weil er vorher noch seine Anzugjacke aus der Reinigung holte?

Na ja – nur fünf Minuten ist er zu spät. Stéphanie dürfte noch auf ihn warten. So schnell gibt eine Frau doch nicht auf.

Sein Blick schweift über die Café-Besucher und bleibt schließlich an Sandrine hängen. Was – sie hier? Und alleine?

Er nickt ihr zu – sie nickt zurück. Verzweifelt denkt sie an einen beleibten Richard Gere oder Silvester Stallone. So sollte auf jeden Fall der Hase aussehen, den sie hier erwartet. Aber bitte nicht Jean-Richard!

Hase Jean-Richard versucht, harmlos auf die Tische zu schauen. Er sucht doch hoffentlich nicht „Paris Match"?

Enttäuscht lässt er sich auf einem freien Platz nieder.

Zwischen ihm und Sandrine sitzt ein plauderndes Pärchen. Gut so – Sandrine kann ihn nicht beobachten. Und auch sie ist vor seinen Blicken sicher.

Stéphanie scheint sich wohl verspätet zu haben. Hase Jean-Richard platziert die Tragetasche aus der Reinigung neben sich und winkt der Bedienung zu. Vielleicht steckt Stéphanie noch im Feierabendverkehr – ebenfalls Béatrice erschien nicht pünktlich am vereinbarten Treffpunkt.

Aber Stéphanie kommt nicht. Sie hat ihn offensichtlich versetzt. Das kränkt ihn. Warum konnte sie nicht absagen? Da fällt ihm ein, dass sie seine Telefonnummer nicht hat.

Er bestellt eine Tasse Kaffee und nippt solange daran herum, bis das braune Getränk kalt ist. Stéphanie erscheint nicht.

Er bestellt einen Brokkoli-Birnen-Smoothie und lässt sich Zeit. Die Uhr kriecht auf 19 Uhr. Stéphanie erscheint nicht.

„Ist Hase Jean-Richard das ‚Sofakissen'?", fragt sich Sandrine unablässig, während sie lustlos in ihrem dritten Cappuccino rührt, bis die aufgeschäumte Milch total zerflossen ist. Sie ist neugierig, aber steckt in einer blöden Situation. Wenn sie Hase Jean-Richard fragt, kommt er sicher darauf, dass nur sie Stéphanie sein kann.

Schließlich erhebt sich Jean-Richard, packt seine Tüte aus der Reinigung und steuert schüchtern auf sie zu.

„Na – auch alleine hier?"

„Ja", antwortet sie ausweichend. „Ich bin gerne alleine hier."

Ihre Antwort ist eine glatte Lüge. Aber muss sie das Hase Jean-Richard auf die Nase binden?

„Ich – äh – habe einen Freund erwartet. Aber er ist wohl verhindert", erzählt er.

Er wartet auf ihre Aufforderung, sich zu ihr zu setzen. Aber diese kommt nicht. Und er getraut sich nicht zu fragen.

„Schade für dich!", murmelt sie. „Dann fährst du wohl jetzt nach Hause! Oder willst du weiterhin warten?"

„Ich denke, ich fahre nach Hause," presst er hervor. „Dir wünsche ich noch einen schönen Abend – und einen erholsamen Urlaub!"

„Danke!" Sie lächelt. Und beinahe tut es ihr leid, dass sie Hase Jean-Richard nicht aufgefordert hat, sich zu ihr zu setzen. Aber nur beinahe.

Hase Jean-Richard bezahlt seine Getränke und rennt nach draußen. Der Abend ist gründlich verdorben.

Aber zum Glück trifft er morgen wieder Béatrice.

35. Kapitel

Béatrice Chanterelle fühlt sich heute besser als am Montag. Von ihrem Romanmanuskript hat sie nochmals Kopien anfertigen lassen und eine an den Verlag LA VIE EST DOUCE & PARFAITE (Das Leben ist süß und perfekt.) geschickt. Zum Glück hat sie ihr Original immer griffbereit zur Hand. Denn man soll nie Originale an Verlage schicken. Und das weiß auch Béatrice.

Ein Manuskript, das erneut auf Reisen geht, gibt wieder Anlass zur Hoffnung. Heißt es nicht, Beharrlichkeit führe zum Ziel? Wieder hofft Béatrice, einen Verlag zu finden, der ihr Buch auf den Markt bringt. Und sie hofft, es möge LA VIE EST DOUCE & PARFAITE sein.

Sie träumt von ihrem großen Durchbruch als Autorin – von Ruhm, Fernsehinterviews, Traumreisen und einer großen Villa, als sie in der Métro sitzt.

Um 17 Uhr stürmt sie zur Wohnungstür hinein. Maxim hackt auf seinem Computer herum und ruft ihr ein kurzes „Tag, Liebling!" entgegen.

Sie bemerkt erstaunt, dass alle Kisten mit den vielen, unnötigen Computerlisten aus dem Weg geräumt sind. Vielleicht hat Maxim diese endlich im Keller verstaut. Oder er hat sie rausgeworfen.

Vorsorglich hat sie diesmal mit Hase Jean-Richard vereinbart, sich um 19.30 Uhr in der Innenstadt zu treffen. Trotzdem möchte sie keine Zeit verlieren, sucht ein sauberes Handtuch und rennt in die Dusche.

Das perlende Wasser liebkost ihre Haut und ihr weiches Fell. Sanft reibt Béatrice ihr Fell trocken und cremt sich mit Körpermilch ein. Dann zieht sie ihren rosafarbenen Frotteebademantel über.

Sie öffnet die Badezimmertür, will ins Schlafzimmer hoppeln, ein frisches T-Shirt überstreifen und heute zur Abwechslung einen Hasenrock auswählen. Maxim hat immer schon gesagt, sie sähe in Röcken besonders zauberhaft aus.

Vielleicht findet Hase Jean-Richard das auch.

Aber sie kann ihre Pläne nicht realisieren. Jetzt jedenfalls nicht.

Maxim stellt sich ihr in den Weg – bekleidet gerade mit einem T-Shirt. Er steht damit aufgerecktem, steifem Penis.

Ehe sie etwas sagen kann, küsst er sie. Tief und innig. „Liebling, ich habe mich den ganzen Tag nach dir gesehnt!", murmelt er.

„Maxim – ich habe kaum Zeit. Ich treffe heute wieder meine Schulfreundin!“

„Die Schulfreundin kann warten“, meint er ungerührt. „Liebling – du wirst mich doch jetzt nicht zurückweisen! Nachdem du dich so oft beklagt hast, wie sehr unser Sex-Leben in den letzten Monaten gelitten hat!“ Er knabbert sanft an ihrem linken Löffel und streicht über ihr Fell. „Ich verspreche dir, ich werde mich bessern. Siehst du nicht, dass ich bereits meine alten Listen weggeworfen habe?“

„Du hast sie weggeworfen?“

„Ja! Eigenhändig in den Altpapier-Container geworfen!“ Wieder küsst er sie. „Ich habe es nur für dich getan – bitte enttäusche mich jetzt nicht!“

Ihr fehlen die Gegenargumente, und sie gibt sich ihm hin. Sie spürt seine fordernde Zunge in ihrem Maul, sie fühlt seine Pfoten, die nach ihren Brüsten greifen. Sanft massiert er sie. Dann löst er behutsam den Gürtel von Béatrices Bademantel. „Wollen wir nicht ins Schlafzimmer gehen?“, flüstert er.

„Maxim – ich will nicht wieder unpünktlich sein!“

„Ach komm’ – es dauert auch nicht lange!“ Er fasst sie am Rücken und schiebt sie ins Schlafzimmer. „War ich nicht brav und habe seit langer Zeit mal wieder meine Sachen aufgeräumt? Lade doch beim nächsten Mal deine Schulfreundin zu uns ein!“ Béatrice steigt seufzend in die Schlafkiste. Ihr fehlen die Gegenargumente.

Seine Pfoten umfassen ihre Brüste. Langsam gleiten seine Pfoten nach unten und massieren ihre Oberschenkel und dann ihre Hinterläufe. Unwillkürlich spreizt sie ihre Hinterläufe auseinander, und er massiert weiter. Seine gierigen Lippen umschließen ihre Brustwarzen.

Béatrices Maul ist trocken – sie sehnt sich nach einem Glas Wasser. Aber sie will Maxim nicht verärgern, der ihren Körper betastet wie ein Bildhauer, der aus einer Masse eine Statue formt.

„Schnell", denkt sie. „Ich habe doch eine Verabredung." Andererseits fühlt sie sich unter seinen zärtlichen Berührungen so gut. So gut, wie schon lange nicht mehr.

Sie spürt seine Männlichkeit in ihr, sie spürt ihn auf- und abfedern. Er genießt es, schnauft zufrieden.

Béatrice schreit, als sie kommt. Und plötzlich wird sie ohnmächtig.

36. Kapitel

War es so schlimm, mein Liebling?" Wie von ferne hört sie Maxims Stimme, die sie wieder in die Wirklichkeit zurückholt.

Warum liegt sie hier in der Bettkiste mit frischem Heu? War das etwa auch Maxims Werk? Sie liegt warm in ihren Bademantel gehüllt, duftendes Heu bis zum Kinn.

„Was war denn los?", haucht sie.

„Du bist während des Orgasmus ohnmächtig geworden!" Maxim nähert sich, hoppelt vor sie hin und küsst sie sanft auf die Stirne. „Oh, Liebling, was habe ich nur angestellt?"

„Gar nichts." Sie streicht ihm sanft über sein Fell. „Du bist vorgegangen wie ein Künstler, und ich habe den Sex wirklich genossen! Dabei war ich doch in Eile..." Siedend heiß fällt ihr ein, dass sie Hase Jean-Richard treffen will.

Mit einem Ruck schießt sie nach oben – und ihr wird schlecht. Nein, so kann sie heute weder ausgehen, noch aushoppeln.

Sie bittet Maxim um das Handy.

„Wie dumm, dass ich meiner Schulfreundin absagen muss. Aber ich fühle mich nicht gut."

„Hier, Liebling!" Maxim reicht seiner Freundin das mobile Telefon und küsst sie auf die Stirne. „Ich habe ein solch schlechtes Gewissen..."

„Nein, Maxim, das brauchst du nicht!", versichert sie ihm. Wobei sie nicht weiß, ob sie es ehrlich meint.

Sie haben schon viel wildere Orgasmen miteinander erlebt, aber noch nie wurde sie ohnmächtig dabei.

„Du könntest mir einen Schluck Wasser holen – und meine Handtasche bitte!", bittet sie ihn schwach. Zum Glück besitzt sie Jean-Richards Privatnummer. Hastig kramt sie nach dem Zettel in ihrer Handtasche.

Hoffentlich bekommt Maxim nichts mit – aber er bietet sich an, ein Abendessen zu zaubern. Und so tippt sie mit zittrigen Fingern die Telefonnummer ein.

Hase Jean-Richard ist noch zu Hause und nimmt ab.

„Ja, Le Petit Déjeuner! Wer spricht da, bitte?"

„Hallo Sabine! Ich bin es Béatrice!", ruft sie. So, dass Maxim es hören müsste, wenn er in der Nähe ist.

Hase Jean-Richard versteht den Trick sofort. Wahrscheinlich befindet sich in Béatrice Umkreis jemand, der nicht erfahren soll, dass sie einen Hasenmann anruft. Vielleicht ist es die Mutter. Verständlich, dass man ihr eine neue Männerbekanntschaft nicht sofort auf die Nase bindet.

„Hallo, Béatrice! Schön, dich zu hören! Sehen wir uns heute Abend?"

„Leider nein!" Ihre Hände, die das Handy umklammert halten, zittern. „Ich hatte soeben einen Kreislaufkollaps und fühle mich gar nicht gut!"

„Einen Kreislaufkollaps?" Die Stimme am anderen Ende klingt besorgt. „Wahrscheinlich arbeitest du zu viel."

„Kann sein!", flüstert sie – froh, so schnell einen Grund gefunden zu haben. Es ist ja auch peinlich zuzugeben, dass man beim Sex ohnmächtig wurde.

„Können wir uns nächste Woche treffen?"

„Klar doch – ich rufe dich an!"

Maxim äugt um die Ecke, beladen mit einem Tablett. Béatrice versucht, sich nicht aus dem Konzept bringen zu lassen.

„Ich wünsche dir noch gute Besserung! Also dann – tschüss, bis nächste Woche!" Sie hört ein Klicken in der Leitung – Hase Jean-Richard hat aufgehängt.

Erleichtert legt sie das Handy auf den Nachttisch und nimmt einen Schluck Wasser. Wie gut das tut – und wie belebend das ist.

Maxim kommt näher – in seinen kurzen Hosen sieht er richtig schick aus. Er lächelt und stellt ein Tablett auf den Boden.

„Jetzt werden wir etwas essen, damit wir wieder zu Kräften kommen!" Er klingt wie eine Krankenschwester, stützt Béatrice am Rücken, so dass sie zum Sitzen kommt.

Schnell stopft er einige Kissen hinter sie, und sie kann sich bequem anlehnen.

„Liebling, es tut mir so leid, dass du nun deine Freundin nicht treffen kannst!", meint er wieder und küsst sie auf ihre Lippen. Dann nimmt er das Tablett und stellt es auf ihr Kuschelheu.

Verwundert starrt sie darauf – Karotten- und Gurkenscheiben liegen verlockend auf einem Teller, dazu Tomaten- und Birnenstücke. Auch an Joghurt und diverse Salatblätter sowie Wasser hat Maxim gedacht.

„Der Tee muss noch ziehen", entschuldigt er sich. „Aber du kannst schon anfangen."

Sie schüttelt erstaunt den Kopf.

„Maxim – dieses Abendessen sieht fabelhaft aus. So verwöhnt hast du mich schon lange nicht mehr!"

Maxim schweigt. Denn er weiß, dass sie Recht hat.

„Und du willst nichts essen?", unterbricht sie sein Schweigen.

„Später vielleicht!", murmelt er, holt sich einen Schemel und beobachtet sie beim Essen. Nach einigen Minuten holt er die Teekanne und eine Tasse aus der Küche.

Sie isst und merkt, wie die Energie langsam in ihren Körper zurückkehrt.

Irgendwann holt sich Maxim eine Tasse, schenkt sich von dem leckeren Früchtetee ein und erzählt:

„Ich hatte mir Gedanken um unsere Beziehung gemacht. Und dann habe ich eben dieses Buch gelesen...“

„Maxim, du brauchst kein schlechtes Gewissen zu haben!“, ereifert sie sich.

Aber er scheint sie gar nicht zu hören, sondern redet weiter wie ein Wasserfall. Verträumt blicken seine Augen in weite Ferne.

„Ich wollte es zuerst nicht wahrhaben, was du mir vorwarfst. Warum musste auch ich auf eine Kaninchen-Dame hören? Ich – als Löwenkopfkaninchen-Männchen. Ständig hing ich diesem falschen Denkmuster an, das mir wohl in frühester Kindheit anerzogen wurde. Ein egoistisches Denkmuster, wie ich feststellen musste.“ Fest blickt er in ihre braunen Augen. „Ich habe so viel versäumt. Viel zu viel. Und ich habe vor lauter Egoismus unsere Beziehung vernachlässigt. Aber ich will mich bessern – ich verspreche es dir.“ Seine Stimme klingt sanft, als er sich nach vorne beugt und seine Freundin küsst. „Verzeihst du mir?“

„Ja!“ Sie nickt. „Du bist schon auf dem Wege der Besserung! Hast du etwa unsere Schlafkisten frisch bezogen?“

„Ja, das habe ich!“ Er strahlt. „Hast du das gemerkt?“

„Sofort!“ Sie lacht. „Und du hast alles völlig richtig gemacht.“

Er räumt das Tablett von ihrem Bett, entfernt die Heukissen hinter ihrem Rücken und legt sie langsam wieder hin.

„Ich bin nicht todkrank!“, protestiert sie. „Ich stehe jetzt auf!“

„Du bleibst liegen und ruhst dich aus!“, befiehlt er.

„Ach, Maxim!“ Sie seufzt.

„Keine Widerrede! Ich werde dich jetzt waschen und dir deinen Pyjama anziehen!“ Er verschwindet aus dem Schlafzimmer, trägt das Tablett vor sich her und erscheint wieder mit einer Schüssel mit warmem Wasser und einem blauen Waschlappen.

„Maxim – das kann ich doch selbst machen!"

„Nein!" Er zieht einen blau-rot gemusterten Pyjama aus ihrer Kleidungskiste und legt diesen auf seine Doppelschlafkistenhälfte. Dann entfernt er das Heu, das auf Béatrice liegt und öffnet ihren Bademantel.

Liebevoll wäscht er ihre Schenkel, ihre Läufe und ihren Oberkörper und tupft alles langsam mit einem weichen Handtuch trocken. Die gleiche Prozedur wiederholt er mit ihrer Rückseite, nachdem er sie langsam aus ihrem Bademantel geschält hat.

Béatrice staunt nur noch. Das ist derselbe Maxim, den sie vor Jahren kennen lernte. Derselbe Maxim, in den sie sich vor Jahren verliebte. Fürsorglich und zärtlich und kein computerabhängiges Monster, für den eine Kaninchen-Dame nur ein Gegenstand der sexuellen Befriedigung darstellt. Wenn Maxim so weitermacht, kann es gar keinen anderen Kaninchen-Mann oder Hasen in ihrem Leben geben.

Sie hilft ihm, als er ihr den Pyjama anzieht. Dann deckt er sie zu und haucht einen Kuss auf ihre Nasenspitze.

„Du solltest schlafen, Liebling. Kreislaufprobleme sind nicht auf die leichte Schulter zu nehmen!"

Da fällt ihr etwas ein.

„Maxim – hattest du eigentlich vorhin einen Orgasmus oder nicht?"

„Ach!" Er macht eine wegwerfende Handbewegung. „Als du in Ohnmacht fielst, erschrak ich so sehr, dass ich gar nicht mehr hätte kommen können."

Sie schluckt, denn sie weiß, dass er lügt. Irgendwann wird er im Bad verschwinden, die Türe zusperren und an seinem Penis reiben. Und irgendwann wird er kommen und die Spuren in einem Kopfsalatblatt auffangen, das er dann in den Mülleimer wirft...

Sie macht sich Gedanken um Maxim und seine Wandlung. So, wie er sich jetzt gibt, könnte sie sich glatt neu in ihn verlieben.

37. Kapitel

Liebling, du kannst heute nicht zur Arbeit hoppeln!" Maxims Stimme klingt fest. Es ist Freitagmorgen, und der Wecker hat gerade geklingelt.

„Unsinn, Maxim, ich fühle mich sehr gut!" Nach einem tiefen Schlaf liegt Béatrice erquickt in ihrem Heu und will aufstehen.

„Du bleibst liegen!" Er presst sie mit sanftem Pfotengriff zurück ins Heu. „Kranke Kaninchen-Frauen sind ungezogener als kranke Kaninchen-Männer!"

„Aber, Maxim, ich habe so viel Arbeit..."

„Und du hattest gestern einen Kreislaufkollaps! Nein, Béatrice, damit ist nicht zu spaßen! Ich werde um halb acht in deinem Büro anrufen und dich entschuldigen!"

Sie seufzt. Widerspruch ist zwecklos. Maxim ruft nicht nur in ihrem Büro an, sondern auch in seinem. Er ist nicht nur als Stadtschreiber tätig, sondern leitet mit zwei Freunden eine Computerfirma, und die Software, an der er gerade sitzt, kann er auch von zu Hause aus bearbeiten.

Béatrice ist gerührt. Maxim erscheint mit einem Frühstückstablett mit Vollkornbrot, Kaffee und Rührei. Und Maxim lässt alle Türen offenstehen, während er arbeitet.

„Damit ich dich sofort höre, wenn du ein Problem hast!"

Nach neun Uhr verschwindet er für eine Stunde aus dem Wohnungsbau, holt seine Arbeitsunterlagen aus der Firma und bringt einige Überraschungen für Béatrice mit.

„Womit habe ich das verdient?", fragt sie, als er einige Zeitschriften vor ihr ausbreitet. Das Exklusivblatt „Desperate Lauchwives" ist darunter sowie auch „Die Mode im Nichttaucherabteil" und die Urlaubszeitschrift „Reisen mit der Schokomotive".

„Ich weiß gar nicht, was ich sagen soll!" Ehrfürchtig blättert sie durch den Modeteil von „Desperate Lauchwives", der schicke Lederklamotten aus Island für Nager-Damen zeigt.

„Du sollst dich gut erholen, Liebling!", antwortet er.

Er braut einige Tees und befiehlt ihr, diese zu trinken. „Mein Kollege Jules hat sie mir empfohlen!" Stolz hält er Béatrice eine Tasse unter die Nase, deren Inhalt nach Moder und Staub riecht. „Soll gut sein gegen Kreislaufbeschwerden!"

Béatrice unterdrückt ein Schaudern und trinkt tapfer das Gebräu. Maxim geht zufrieden an seine Arbeit, um eine Stunde später mit einem anderen Tee vor ihrem Bett zu erscheinen.

„Jetzt sind wir schön tapfer und probieren diesen Tee. Er ist gut für die Durchblutung!"

Béatrice legt ihre Zeitschriften weg und spült ein Gebräu hinunter, dessen Geruch sie sehr an alte Akten erinnert. „Wie viele Tees hast du noch?", krächzt sie.

„Ooh – einige. Jules hat mir eine ganze Liste aufgeschrieben. Davon habe ich gleich einige besorgt!" Maxim strahlt, als habe er das ‚Ei des Kolumbus' entdeckt. „Ich will doch, dass du gesund wirst, Liebling!"

Sie will ihm klarmachen, dass sie doch längst wieder gesund ist. Aber sie lässt es bleiben – es hat doch keinen Wert. Widerstand ist zwecklos, und so trinkt sie zwischen der Zeitschriftenlektüre Tees gegen alles Mögliche und Unmögliche. Und immer wieder fragt Maxim, wie es ihr geht. Immer wieder küsst und streichelt er sie. Weiter als bis zu ihrem Hals wagt er sich jedoch nicht – er hat sich und ihr für heute absolute Enthaltsamkeit auferlegt.

38. Kapitel

Diese Tage werden Béatrice immer in Erinnerung bleiben – die Tage, in denen sich ihre Beziehung endgültig zum Positiven wendet. Maxim führt sie spazieren und hält sie fest, damit sie nicht hinfällt, wie er sagt. Sie protestiert, aber er will sicher sein, dass sie sich erholt.

Unter seiner Fürsorge bleibt ihr auch gar nichts anderes übrig. Er nimmt sie mit zum Wochenmarkt, kauft Obst und Gemüse ein und bereitet eine köstliche Gemüsesuppe zum Mittagessen.

Er wäscht Geschirr, er saugt Staub, er räumt auf, während sie, in eine Decke eingewickelt, vor dem Fernseher sitzt.

Am Abend bereitet er ein Dinner bei Kerzenlicht – er setzt seine ganze Fantasie ein. Und Béatrice kommt aus dem Staunen nicht mehr heraus.

Selbst unter die Dusche begleitet er sie und lässt es sich nicht nehmen, sie einzuseifen.

Am Sonntag schließlich ist er von den positiven Ergebnissen seiner Pflege überzeugt und hebt seine Enthaltsamkeit auf. Und sie lässt es geschehen, denn sie weiß, er hat es verdient.

Ohne Widerrede lässt sie sich nach einem hervorragenden Frühstück in die Schlafkiste legen. Sie genießt es, wie er sie streichelt, sie genießt seine Liebkosungen. Seine Zunge und seine Pfoten sind beinahe an allen möglichen und unmöglichen Stellen. Sie genießt es, als er schließlich in sie eindringt und sie zum sexuellen Höhepunkt rammelt.

Sie haben es sich verdient, und sie wissen es beide.

Und Béatrice weiß, dass Maxim das richtige Löwenkopf-kaninchen-Männchen, sogar der richtige Nager, für ihr

Leben ist. Sie gehören zusammen – und sie wird sich nie einem anderen Nager hingeben können.

Hase Jean-Richard ärgert sich. Irgendwie scheint seine „Sofakissen"-Aktion im Moment unter einem schlechten Stern zu stehen. Stéphanie erschien nicht am vereinbarten Treffpunkt, Béatrice erlitt kurz vor dem zweiten Treffen einen Kreislaufkollaps, und neue Briefe auf seine Kontaktanzeige trafen nicht mehr ein.

So bleibt im Moment nur Jacqueline. Jacqueline, der Rettungsanker, die Lehrerin, die auf ihren Beruf großes Gewicht legt. Aber Jacqueline steht heute zur Verfügung. Nach der Arbeit trifft er sie in der Innenstadt. Vielleicht zeigt sie dann eine positive Seite, die sie beim ersten Treffen noch verborgen hat.

Der Arbeitstag artet in Hektik aus, ist beinahe eine Katastrophe. Wenn Sandrine nicht da ist, scheint nichts zu funktionieren.

Nicolette soll sie vertreten, zeigt sich in dieser Hinsicht aber äußerst unkollegial. Alles, was nicht in ihren Arbeitsbereich gehört, erledigt sie nachlässig, beinahe schon schlampig.

Nicolette, ein Streifenkaninchen-Weibchen, das besonders durch seine bunte Fellfärbung auffällt. Und deswegen ist sie sehr eitel. Außerdem ist sie besonders frech und schlagfertig.

Nicolette, die hier in der Tourismuszentrale zur „Guide-Lapin", also zur Fremdenführerin ausgebildet wurde und sich darauf etwas einbildet. Sie ist für die deutschsprachigen Länder zuständig, bearbeitet diese mit Hingabe. Aber Vertretungen? Nein!

An ihrer rechten Pfote prangt schon seit drei Jahren ein goldfarbener Ehering, den sie geschickt zur Schau stellt. Hase Jean-Richard bemitleidet innerlich Nicolettes Ehehasen – andererseits wird gemunkelt, dass die Ehe sehr glücklich sein soll. Eine Ausnahme in heutiger Zeit.

Hase Jean-Richard gibt eifrig Angebote über Paris-Führungen in seinen Computer ein, um so wenig wie möglich mit Nicolette arbeiten zu müssen. Er drückt ihr nur die ausgedruckten Angebote in die Hand, die sie an einige Kunden und Tourismus-Büros im Ausland versenden soll.

„Faxe dieses Angebot nach Russland an die Firma PROWSKI und dieses nach Südkorea an die Firma PARK & SONS. Aber bitte nicht verwechseln!"

„Ich bin doch nicht blöd!", schreit Nicolette und reißt Hase Jean-Richard die sauber bedruckten Blätter mit Emblem des Pariser Tourismusbüros aus den Pfoten. Er sieht sie entschwinden, ihr flotter Schwanz wippt leicht hin und her.

Hase Jean-Richard schwitzt. Nicolette ist immer ein Risikofaktor. Nicht auszudenken, was geschehen würde, wenn sie die Angebote vertauschte, da nämlich für verschiedene Länder verschiedene Preise festgesetzt wurden. Die Preise für asiatische Kunden sind natürlich höher als die für europäische.

Und dann sehnt er sich nach Sandrine – als Kollegin. Sie besitzt zwar eine giftige Zunge, aber erledigt ihre Arbeit vorbildlich.

Nicolette erscheint, mit beiden Faxen, glücklich lächelnd. „Ich habe beide Angebote durchgeschickt!" Sie knallt den Papiersegen auf Jean-Richards Schreibtisch und hoppelt davon, ohne einen Kommentar abzuwarten.

Seufzend klammert Hase Jean-Richard den Sendebericht der beiden Angebote an die jeweiligen Seiten und fährt mit seiner Arbeit fort.

Er schreibt und rechnet, schreibt und rechnet, bis für ihn endlich der Feierabend anbricht.

Um 19 Uhr hat sich Jacqueline mit Hase Jean-Richard im „Bonne Chance" in der Nähe der Kirche Nôtre-Dame verabredet. Sie trifft jedoch schon eine halbe Stunde früher ein, denn früher, als geplant, konnte sie ihre Einkäufe erledigen.

Jacqueline bestellt sich ein Kännchen Kaffee und blickt gedankenverloren im Raum herum. Das Café ist im bäuerlichen Stil eingerichtet – mit dunkelbraunen Holzmöbeln, garniert mit groß-blumigen, aber dezenten Bezügen. Die Fenster schmücken schwere, dunkelrote Vorhänge. Alles fügt sich harmonisch zu einem Ganzen.

Jacqueline rührt in ihrem Kaffee und bereut, dass sie kein Buch mitgenommen hat. Wie gut könnte sie damit die Zeit überbrücken, sich ablenken und vielleicht auch auf Jean-Richard vorbereiten.

Heute oder nie – das fühlt sie – wird sich herausstellen, ob sie den Hasen Jean-Richard auch weiterhin treffen wird. Zeigt er sich immer noch verständnislos in Bezug auf ihre Lehrertätigkeit und ihre abgöttische Liebe zur Natur, wird sie ihm wohl den Laufpass geben müssen.

Ihr Gedankenfluss wird jäh unterbrochen durch einen stattliches Kaninchen-Männchen der Rasse „Mecklenburger Schecke, rot-weiß", das selbstbewusst durch den Raum rauscht. Jacqueline stutzt – ja, dieses Kaninchen kennt sie!

Und auch er sieht sie sofort. Ein freudiges Erkennen blitzt in seinen Augen auf – er lächelt:

„Jacqueline – na, was für eine Überraschung! Was machst du denn hier?"

Sie strahlt, und ihr Gesicht leuchtet wie eine Sonnenblume. „Peter! Ich freue mich, dich zu sehen! Hast du nicht Lust, dich zu mir zu setzen?"

„Wenn ich nicht störe?" Warm klingt seine Stimme, und ihr rinnt ein Schauer über den Rücken. Ja, das ist immer noch derselbe Peter, ihr Schulkamerad-Kaninchen von einst. Natürlich ist er älter geworden, an dem Schläfenfell ein paar graue Strähnen. Aber er sieht noch verdammt gut aus!

„Nein – du störst überhaupt nicht!" Sie weist mit ihrer Pfote auf einen freien Stuhl neben ihr. „Ich kam vor zehn Minuten hierher und wollte nur ein bisschen bei einem Kännchen Kaffee entspannen!"

Sie lügt, denn sie wartet auf Jean-Richard. Aber Peter ist ihr weit lieber. Heute scheint das Glück auf ihrer Seite zu stehen.

Peter setzt sich und bestellt sich ebenfalls ein Kännchen Kaffee. Und dann stürzen sie sich in eine angeregte Unterhaltung. Seit dem letzten Nagerklassentreffen vor sechs Jahren haben sie sich nicht mehr gesehen – seitdem floss viel Wasser die Seine hinab. Peter arbeitet unterdessen als Pharmareferent, und Jacqueline hängt an seinen Lippen, saugt jedes Detail in sich auf, das er über seine berufliche Tätigkeit erzählt.

„Ich reise im Raum Bretagne herum, preise den Ärzten unsere günstigen, aber sehr wirksamen Medikamente an", berichtet er.

Eigentlich wollte er nach dem Biologiestudium in die Forschung gehen, jedoch bot sich ihm dafür keine Chance, da Gelder für Forschungszwecke stark eingeschränkt wurden. „Aber mein Beruf macht mir trotzdem Spaß!"

„Ich arbeite als Lehrerin", beginnt Jacqueline. „Aber sicherlich weißt du dies schon – ich erzählte es dir auf unserem Klassentreffen."

Ausführlich legt sie dar, wie sie unterrichtet, wie sie in ihrer Freizeit die Natur erobert, sich stets von neuem an der Schönheit der Pflanzen ergötzt und versucht, auch bei ihren Schülern dieses Interesse zu wecken.

Peter lauscht fasziniert.

„Ich finde dich bewundernswert – wir könnten doch gemeinsam in die Natur hoppeln. Ich erkläre dir, welche Pflanzenwirkstoffe in unseren Medikamenten enthalten sind, und du erklärst mir den Rest – wie ich die einzelnen Pflanzen erkenne, wie ich sie presse, zubereite und so weiter!"

„Peter – ich tue nichts lieber als das!" Mit verklärten Blicken nippt sie an ihrer Tasse Kaffee, und endlich schleicht Peters Pfote über die Tischplatte und berührt ihre Pfote.

Sie lächelt, nimmt seine Pfote und merkt, dass sie vor den Toren eines großen Abenteuers steht. Eines Abenteuers mit dem Mecklenburger-Schecken-Kaninchen-Männchen Peter.

Hase Jean-Richard hat sie vergessen – er wurde aus ihren Gedanken geweht, so wie der Herbstwind Laub über die Straßen wirbelt.

Und genau in diesem Moment betritt Hase Jean-Richard das Café. Er kommt zehn Minuten zu spät.

41. Kapitel

Hase Jean-Richard betritt das Café – und stutzt. Was, Jacqueline hat ihren Liebhaber dabei? Warum konnte sie ihm nicht vorher absagen?

Stören will Hase Jean-Richard nicht, also setzt er sich an einen freien Tisch – mitten in Jacquelines Blickfeld. Er wartet darauf, dass sie aufsteht und eine Erklärung abgibt. Oder dass sie ihm das Kaninchen-Männchen vorstellt.

Aber noch nichts in dieser Hinsicht passiert.

Hase Jean-Richard bestellt sich eine Tasse Cappuccino und wartet.

In Jacquelines Gehirnkasten schlagen währenddessen die Gedanken Purzelbäume.

„Mensch, Hase Jean-Richard ist hier – was mache ich bloß?", denkt sie verzweifelt und sinnt nach einer Lösung.

Laut erzählt sie Peter, wie sie den Schülern das U beigebracht hat:

„Ich sage ‚uuuuh", und die Kaninchen- und Hasenkinder sprechen mir nach: ‚uuuuh!!"

Peter beobachtet sie fasziniert. Nein, jenes „Uuuuh" klingt nicht wie Gespenstergeheul in seinen Ohren, er findet es herrlich aufregend.

„Was – und damit schaffst du es, eine ganze Nager-Rasselbande in Zaum zu halten?"

Sie lächelt.

„Na klar, Probleme mit meinen Schülern habe ich nicht. Sie benehmen sich immer brav."

Peter staunt. Und eine solche kinderliebe Kaninchendame der Rasse „American Fuzzy Lop" ist noch nicht unter der Haube? Ihm gefällt alles an Jacqueline – das etwas mollige Äußere passt zu ihr, und sie trägt ein T-Shirt und Hosen in Fellfarben, passend für ihren Typ.

Und wie hübsch sie ist – wie ihre Augen strahlen!

Er liebt ihren üppigen Busen – diese schmalen „Spargeltanten", die Kalorien zählen und doch nur aussehen, als seien sie in einer Barbie-Puppenfabrik auf dem Fließband entstanden, haben ihm sowieso noch nie gefallen.

Hier sitzt Jacqueline, eine Vollblutkaninchendame, und zwischen ihnen scheint sich etwas anzubahnen.

Auch sie ist sehr beeindruckt von Peter. Wie einfühlsam er ihre Unterrichtsmethoden kommentiert! Peter hört zu, äußert intelligente Ansichten und scheint auch sonst ein atemberaubender Kaninchencharakter zu sein.

Hase Jean-Richard heftet seine Blicke immer noch beharrlich auf sie wie Stecknadeln, und sie sieht schuldbewusst auf die Tischplatte. Peter scheint zum Glück von dem ganzen Blick-Spielchen nichts zu merken. Er sitzt neben ihr und nimmt ihre Pfote.

„Jacqueline, ich glaube, es war Schicksal, dass wir uns heute getroffen haben. Heute, nach so vielen langen Jahren!"

„Ja!", haucht sie, fühlt seine warme, männliche Pfote in ihrer und streichelt sie.

Es kommt, was kommen muss. Peter beugt sich nach vorne und küsst sie gierig auf ihr Maul.

„Jacqueline, ich will dich!"

„Ich will dich auch, Peter!", antwortet sie, und es ist ihr Ernst.

Sie umarmen sich, Jacqueline spürt den Geruch von Peters Rasierwasser in ihrer Nase, er genießt ihr aufreizendes Parfüm.

Und wieder küssen sie sich.

Sie sehen nicht, wie Hase Jean-Richard wutentbrannt zwei Zwei-Euro-Stücke aus der Anzugjacke zieht und sie neben seine Tasse knallt. Zur Hälfte ist diese noch mit leckerem Cappuccino gefüllt, aber Hase Jean-Richard ist der Appetit gründlich vergangen.

Hastig stürzt er aus dem Café.

42. Kapitel

Als nach Mitternacht eine Polizeistreife über den Parkplatz der Diskothek SOUS LES PALMIERS DE SAINT TROPEZ (unter den Palmen von Saint Tropez) im Pariser Stadtteil Quartier Latin rollt und drei Beamte aussteigen und sich vergewissern, dass alles in Ordnung ist, ist es für Polizei reine Routine. Vier bis fünfmal pro Nacht fahren sie Kontrolle.

Auch Hase Jean-Richard befindet sich heute unter den Besuchern dieser Diskothek. Nach der Pleite mit Jacqueline muss er seinen Kopf freibekommen und hat sich einen CUBA LIBRE bestellt. Dieses Getränk braucht er jetzt einfach, um auf andere Gedanken zu kommen.

Die Besucher der Diskothek kommen nicht nur aus Paris, sie kommen auch aus Lyon, aus Metz und aus Avignon. Viele Hasen, Kaninchen, Schlangen, Marder, Ratten und andere Tiere, die auf der Durchreise sind, von dieser sagenhaften Diskothek gehört haben und Paris nicht verlassen wollen, ohne diese sagenhafte Diskothek besucht zu haben.

Viele Besucher sind gekommen in beeindruckenden Limousinen und großen Kutschen. Nur wenige sind mit der Métro gekommen wie Hase Jean-Richard. Er überlegt sich, ob er die Rückreise in seinen Bau nicht mit einem Taxi antreten wird.

Geschäftsführer Arthur Lefebre, ein Vulkankaninchen, wartet in der Nähe zum Diskothekeneingang mit seiner Ehe-Kaninchen-Frau und weiteren Kaninchen-Freunden. Aber nicht nur Kaninchen zählen zu seinen guten Freunden, auch eine Antilope aus Nizza ist zu sehen sowie ein Kamel aus Haut-Koenigsbourg.

Keine 36 Stunden ist es her, dass er aus einem Sandburgenbau-Urlaub in Israel zurückgekehrt ist. Jetzt ist Arthur Lefebre auf dem Weg in seinen Heimatbau. Vorher wollte er mit seiner Ehe-Kaninchen-Frau noch an seiner Disco vorbeihoppeln, um nach dem Rechten zu sehen.

Arnaud Vinet, seine rechte Hand, wird mindestens bis morgens um fünf Uhr die Kontrolle über das ganze Anwesen haben. Das Ryukyu-Kaninchen aus Hong Kong, dessen Oberkörper in einem grauen Sweatshirt steckt, kennt sein Stammpublikum, begrüßt alle Leute mit herzlichem Pfotenschlag, prüft ständig die Bar im Freien und behält auch den Pool und den künstlichen Strand im Auge.

Um 1:45 Uhr ist kein Tier mehr im Wasser. Das Wasser ist noch zu kühl, aber die Beach-Party geht weiter. Rund um den Pool hoppeln Hasen, Kaninchen, zwei Känguruhs, stolzieren Emus und Pelikane. Sie machen es sich auf dem sattgrünen Rasen gemütlich.

Auf der Außenfläche wiegen sich überwiegend Giraffen und Elefanten zu Rock- und Pop-Rhythmen. Gerade läuft der rockige und eingängige Titel „Blink and you'll miss it" von Paul Weller.

Hase Jean-Richard fühlt sich wohl in dieser Atmosphäre, inmitten vieler Tiere, von denen er kein einziges kennt. Aber das ist ihm auch egal. Er braucht dieses Ambiente, um über sich und seine Situation nachzudenken.

Um den Pool herum sitzen Kaninchen und einige Cockerspaniels, die es sich auf den gepolsterten Poolmöbeln gemütlich machen. Auf den Außenflächen wiegen sich viele junge Tiere zur tanzbaren Musik.

Auch in den Innenräumen der Diskothek ist noch einiges los. Am Tresen lehnen einige Frettchen, umschwärmt von Zitronenfaltern. In einer Sitznische fläzen sich weitere Frettchen, eine Flasche Bacardi steht vor ihnen, ebenso eine Literflasche Cola.

Kleidervorschriften, also ein Dresscode, herrscht hier nicht wirklich. Aber die eintretenden Tiere sollten schon ordentlich aussehen, mit gekämmtem Fell ohne Trainingskleidung. Eine Anzugjacke hingegen darf es sein, eine gepflegte Jeans ohne Löcher ebenfalls.

Auf den Toiletten für die weiblichen Tiere findet man welche, die an ihrem Fell oder ihren Federn herumzupfen, einige erneuern ihren Lippen- und/oder Kajalstift.

Bis 22 Uhr sind die weiblichen Tiere ohne Eintrittsgeld in diese Diskothek gekommen. Hase Jean-Richard blickt sich um, ob er nicht hier eine Häsin findet, mit der er „anbandeln" kann. Aber er scheint kein Glück zu haben.

Michel und Bertrand gehören zum Security-Personal. Sie sind große Kaninchen, die zur Rasse der „Riesenschecken" gehören, und wohnen eigentlich im Département Calvados. Immer, wenn sie Dienst im SOUS LES PALMIERS DE SAINT TROPEZ haben, hoppeln sie gemeinsam zum Bahnhof und nehmen dann den TGV nach Paris. Von dort aus fahren sie dann mit der U-Bahn weiter ins Quartier Latin.

Michel und Bertrand legen Wert auf einen respektvoll-freundlichen Umgangston. An diesen halten sich auch die meisten Besucher.

In einer Außenbar mixt eine junge Kuh auf Wunsch der Besucher die erotischsten Cocktails. Beispielsweise den „Dschungeltiger". Dazu werden eine Karotte, ein Salatblatt und eine Zitrone gemixt. Das Ganze wird dann mit „Whisky on the Rocks" verfeinert. Zum Schluss kommen dann noch einige Portionen Crushed Ice, also zerkleinerte Eiswürfel, hinein, bevor das Getränk mit Medium-Wasser gefüllt wird.

Es wird jede Menge Hochprozentiges getrunken. Aber nicht nur das – auch Alkoholfreies steht auf der Getränkekarte. Wer will, kann sich ein kleines Gericht bestellen – beispielsweise Spinatpizza, Karottensalat oder auch Nudelauflauf mit Petersilie und Schnittlauch.

Viele Cliquen treffen sich im SOUS LES PALMIERS DE SAINT TROPEZ. Sie kennen sich, sie unterhalten sich.

Hase Jean-Richard bemerkt erschreckt, dass niemand bereit ist, mit ihm ein Gespräch anzufangen. Aber vielleicht ist das auch ganz gut so für einen Hasen, der komplett in Gedanken ist und über Jacqueline und seine Beziehungen zum weiblichen Hasengeschlecht im Allgemeinen nachdenken muss.

Mit einer der letzten U-Bahnen fährt er wieder zurück zu seinem Zuhause.

43. Kapitel

Wieder etwas versöhnt ist Hase Jean-Richard, als er Jacquelines Abschiedsbrief im Postkasten findet. Sie weiß ja seinen Nachnamen, und so war es einfach, im Telefonbuch seine Adresse zu finden.

„Ich traf Peter wieder nach langen Jahren – und es war Liebe auf den ersten Blick. Leider geschah alles, als ich gerade auf dich wartete", schreibt sie.

Hase Jean-Richard schluckt. Zwischen ihm und Jacqueline wäre sowieso nie eine feste Beziehung entstanden. Ihre übertriebene Liebe zur Natur fiel ihm sofort auf die Nerven, und mit Unterrichtsmethoden über das „Uuuuh" konnte er nichts anfangen. Dennoch packt ihn der Neid – Jacqueline ist am Ziel, schneller, als erwartet. Ohne 18,50 Euro für eine Kontaktanzeige zu investieren.

Er findet es fair, dass sie ihm eine Erklärung gegeben hat. Und somit legt er das Kapitel „Jacqueline" zu den Akten.

Jacqueline hat tatsächlich einen Glückstreffer gelandet. Schon nach einem halben Jahr stehen sie und Peter vor dem Standesamt. Ihre Ehe verläuft glücklich – sie erforschen die Natur, gehen an den bayerischen Seen spazieren und fahren im Urlaub nach Österreich und in den Schwarzwald. Außerdem setzen sie zwei prächtige Jungkaninchen in die Welt – ein Weibchen und ein Männchen.

Aber das ist eine andere Geschichte.

44. Kapitel

Schon den ganzen Morgen fühlt sich Béatrice Chanterelle schlecht. Liegt es daran, dass sie ein literarisch wertvolles Manuskript aus Frankreich ablehnen musste – wieder einmal? Dagegen müsste die Amerikanerin Debbie Watermelon jubeln, deren Buch „Liebe im Schlafwagen" vom Verlag GUILLERMO & BONFIDELE akzeptiert wurde. In den USA und in Kanada schlug dieses Buch zwar nicht so ein, wie erhofft, aber vielleicht lässt sich dieses Werk dem französischen Leser schmackhaft machen.

Weiterhin befasst sie sich mit einem Buch aus Brasilien. Es heißt „Lambada nova e o significado da banana" (übersetzt: Lambada Nova und der Sinn von Bananen) und ist eine Art Roadmovie. Also ein Buch mit einer teilweise sehr schnellen Handlung. Die Autorin ist ein junges Naturtalent. Sie heißt Gitti Alonsofo.

Béatrice muss mit etwas Neid gestehen: Ihr gefällt das Buch, dessen Titel an einen Tanz erinnert, der in den späten 1980er-Jahren sehr populär war. Sie wird dieses Buch ihrem Verlag zur Veröffentlichung empfehlen.

In Brasilien ist das Buch als Hardcoverausgabe mit Schutzumschlag erschienen und kostet im dortigen Buchhandel umgerechnet 23 Euro.

Die brasilianische Autorin Gitti Alonsofo wurde 1995 geboren. Sie hat Organisationslehre und klassische Musik in Brasilia studiert, wo sie mit ihrem Freund Matteo und vier Katzen lebt. In Brasilien hat sie einen Literaturwettbewerb gewonnen. Anschließend interessierten sich vier Verlage für das Buch und die Autorin konnte frei wählen, welcher Verlag ihr Buch veröffentlichen würde.

Eine äußerst komfortable Situation, wie Béatrice neidisch eingestehen muss.

Worum geht es in dem Buch? Maria-Eduarda, die Ich-Erzählerin, ist 14 Jahre alt. Sie wächst bei ihrer Mutter Luiza auf. Sie haben nicht viel Geld, die Mutter ist als Kellnerin und als Raumpflegerin tätig. Dennoch hat Maria-Eduarda eine schöne Kindheit, voller Liebe, voller Träume, voller Fantasie, die den Gedanken der Mutter entspringen.

Eines Tages kommt Tante Adryelle aus Fortaleza zu Besuch, weil sie einige Termine auf dem Rathaus in Brasilia wahrnehmen muss. Das bringt den Alltag von Maria-Eduarda und ihrer Mutter durcheinander.

Während eines Streits zwischen Tante Adryelle und Luiza rutscht Luiza auf einer Bananenschale aus und stürzt so unglücklich, dass sie stirbt.

Maria-Eduarda muss über ihre Zukunft nachdenken. Sie will endlich ihren Vater finden, dessen Existenz die Mutter immer hartnäckig verschwiegen hat. Mit dem Nachbarn Samuel fährt sie auf dessen Harley Davidson nach Porto Alegre. Dort hat ihre Mutter – wie sie in Tagebuchaufzeichnungen gefunden hat – ihren Vater in einer Lambada-Tanzschule kennen gelernt.

Béatrice ist entzückt über die Lektüre. Die Sprache in dem Buch gefällt ihr. Die Hauptcharaktere Maria-Eduarda und ihre Mutter sind sympathisch.

„Lambada nova e o significado da banana" ist ein lesenswerter Erstlingsroman über das Erwachsenwerden, über ein Abenteuer und über die Suche nach Herkunft.

Nie wird das Buch langweilig. Sicherlich kommt es nicht oft vor, dass ein Nachbar und eine 14-Jährige mit einer Harley Davidson in Brasilien umherfahren. Aber unmöglich ist nichts.

Der Schluss ist unerwartet – aber auch gut und nachvollziehbar.

Béatrice vergibt diesem Buch die Höchstwertung und eine Empfehlung an den Verlag, das Buch für den französischen Markt zu veröffentlichen.

In der Frühstückspause hängt Béatrice über der Kloschüssel aus weißer Keramik und spuckt ihren gesamten Mageninhalt hinein. Nur gut, dass Maxim dies nicht sieht – heute Morgen zauberte er ein beeindruckendes Frühstück auf den Tisch. Enthielt vielleicht der Karotten-Smoothie Salmonellen?

Béatrices Magen ist wie leer gepumpt, und sie fühlt sich besser. Sie nimmt sich vor, den ganzen Tag wenig zu fressen. Am Abend hat sie sich nämlich wieder mit Hase Jean-Richard verabredet – ihn möchte sie nicht noch einmal enttäuschen.

Irgendwie steht sie den restlichen Tag durch, hängt über ausländischen Manuskripten und studiert diese.

Sie wolle mit ihrer Schulfreundin durch Geschäfte in der Innenstadt bummeln, erzählte sie Maxim. Und deswegen fährt sie nach der Arbeit nicht nach Hause, sondern bleibt sofort in der Stadt.

Béatrice hegt ein immer schlechteres Gewissen gegenüber Maxim. Hoffentlich erfährt er nichts von Jean-Richard. Wenn sie könnte, würde sie ihre Antwort auf dessen Kontaktanzeige rückgängig machen. Maxim verwandelt sich Schlag auf Schlag in ihren Traumkaninchen-Mann – ein Kaninchen-Mann, der eine Kaninchen-Frau nach Strich und Faden verwöhnt, sich mehr Zeit nimmt – und trotzdem noch an seiner Literatur und Sonstigem arbeitet. Seine Texte haben in kürzester Zeit einen erstaunlichen Aufschwung zu verzeichnen!

„Daran ist sicherlich unser ausgeprägtes Liebesleben schuld", erklärte Maxim erst gestern Béatrice, als er stolz prahlte, welche Aufträge man wieder an Land gezogen habe.

Béatrice äußerte sich nicht dazu und gab sich ihm hin.

Trotzdem trifft sie Hase Jean-Richard heute im „Bonne Chance". Sie sind beide pünktlich und setzen sich gegenüber an einen Tisch.

Sie duzen sich sofort. Wann haben sie damit begonnen? Bei ihrem ersten Treffen – oder erst am Telefon, als Béatrice sich bei Hase Jean-Richard entschuldigte? Mit dem „Du" unterhält es sich leichter.

„Wie geht es dir jetzt?", fragt Hase Jean-Richard besorgt.

„Gut!" Béatrice nippt an ihrem Orangensaft. Sie lügt nicht – ihre morgendliche Übelkeit hat sie bisher gut verkraftet.

„Und wie war die Arbeit?"

Sie lächelt. „Hatten wir nicht vereinbart, dieses Thema auszusparen?"

Hase Jean-Richard schüttelt den Kopf. „Gut aufgepasst! Allerdings dachte ich, dieses Verbot träfe nur auf unser erstes Treffen zu."

Sie seufzt. „Okay – du hast gewonnen!"

Tief atmet sie die rauchgeschwängerte Luft ein – am Nebentisch sitzt ein Kettenraucher-Dackel und bläst versonnen weiße Kringel in den Raum. Kurz erfasst sie ein Anflug von Übelkeit, aber sie mahnt sich zur Vernunft und beginnt zu erzählen.

„Schreiben ist wie Lottospielen", endet sie. „Man benötigt Beziehungen, um veröffentlicht zu werden..."

„Da ist es in meinem Job wirklich einfacher." Anteilnehmend blickt er in ihre Augen. „Ich schreibe Angebote – und diese werden gelesen."

Sie lächelt. „Dann musst du ein sehr glücklicher Autor sein..."

Er lacht laut und schallend. Diese Unterhaltung gefällt ihm und entschädigt ihn für Jacqueline, für Stéphanie und das versäumte Treffen mit Béatrice von letzter Woche.

Nein, als Autor hat er sich noch nie gefühlt – er ist Touristenführer, und er produziert Literatur in Form von Angeboten für seine Kunden.

Béatrice findet diesen Vergleich nett.

„Du produzierst Literatur in sehr niedriger Auflage – dafür aber individuell!"

Wieder lacht er. Und dann erzählt er ihr von koreanischen Kaninchen, die Dinge wollen, die sich nicht bekommen dürfen und dauernd mit Papier, Bleistift, vielen Fraugen und Ideen hinter ihm herstiefeln, wenn er sie durch Paris führt. Er erzählt von russischen Touristenhasen, die Wert auf billige Hotelzimmer legen. Und von polnischen und tschechischen Wieseln, die bei jedem Besuch eine Runde Wodka oder Schnaps erwarten und sich oft als ausgeprägte Kettenraucher entpuppen.

„Du erlebst wirklich viel – triffst Tiere unterschiedlichster Nationalitäten!" Béatrice staunt. „Ich lese nur die Werke solcher Lebewesen, aber ich treffe sie nicht."

„Das ist richtig. Und abends, wenn ich die Touristen ab und zu zum Essen in ein gutes Lokal ausführe, verraten sie mir mehr aus ihrem Privatleben. Sie erzählen mir, wie man wirklich in den Ländern lebt, wo sie wohnen."

Béatrice lauscht fasziniert. Obwohl sie zu dem Schluss kommt, dass sie nie als Fremdenführerin tätig sein könnte. Sie fühlt sich wohl in ihrem Büro, umgeben von vielen Papierstapeln. Auch wenn sie nicht die Entscheidungsfreiheit besitzt, die sie sich wünscht.

Anschließend gehen sie in die Disco TOUT LE MONDE DANSE (alle tanzen). Diese Entscheidung fällt spontan, und Béatrice hatte Maxim sowieso nicht gesagt, wann sie nach Hause zurückkehren wird.

Um 21 Uhr ist noch nicht viel los, und auch die Kettenraucher sind noch nicht eingetroffen. So erwartet Béatrice und Hase Jean-Richard eine angenehme, ruhige Atmosphäre in der Disco.

Bei gefälliger Musik aus den Sechzigern können sie weiterplaudern – Béatrice erzählt von ihrer Reise in die USA im letzten Sommer, Hase Jean-Richard von seiner Rucksacktour durch Neuseeland. Nur seine verflossenen Liebhaberinnen erwähnt er nicht – warum sollte er auch?

Auch Béatrice spricht nicht über Maxim. Aber sie merkt, wie sie ihn plötzlich vermisst. Gerade haben sie sich zu

Hause ein schönes gemeinsames Leben aufgebaut. Vielleicht wird es Zeit, wieder mit ihm auszugehen.

Die Disco füllt sich, auch die Tanzfläche.

Verstohlen blickt Béatrice auf wippende Hinterteile und schwingende Körper und Pfoten. Sie erfasst das Verlangen, sich unter die ausgelassenen Tiere zu mischen – einfach mitzumachen.

„Hast du Lust zum Tanzen?", fragt sie Jean-Richard.

„Tanzen nennst du das?" Er schüttelt den Kopf. „Diese Tiere bewegen sich eher, als ob sie in einen elektrischen Stromzaun gehoppelt wären."

Hase Jean-Richard hat keine große Lust zum Tanzen. Was soll er auch als 40-jähriger reifer Hase inmitten des vorwiegend „jungen Gemüses"? Wird er sich nicht eher blamieren?

„Ach bitte, sie kein Spielverderber!" Béatrice berührt seine rechte Pfote. Es ist das erste Mal, dass sie dies tut – und er blickt wie elektrisiert auf.

„Okay – gehen wir!" Er steht hastig auf und umklammert ihre Pfote. Sie sieht ihn erschrocken an. Vielleicht hätte sie ihn doch nicht fragen sollen.

Aber nun haben sie damit angefangen, und sie hoppeln auf die Tanzfläche. Sie mischen sich unter die Tanzenden, die bereitwillig Platz machen. Scheu legt Hase Jean-Richard seine Pfoten auf Béatrices Rücken, und sie umfasst seine Taille.

Sie stehen da und wippen leicht im Takt – und bleiben zunächst auf Distanz. Mehr getrauen sie sich immer noch nicht, auch als sie von Körpern geknufft werden, wedelnde Pfoten über ihr Fell streichen und knackige Fell-Hinterteile in ihr Blickfeld rücken.

Béatrices Pfoten liegen immer noch unbeweglich auf Jean-Richards Taille, während eine seiner Pfoten langsam ihren Rücken hinunterwandert und schließlich auf ihrem Hinterteil liegen bleibt.

Béatrice spürt nur eine große Hasenpfote, die plötzlich auf ihrem Hintern ruht. Sie spürt die Wärme dieser Hasenpfote. Langsam tasten sich einige von Jean-Richards Krallen in ihre Po-Öffnung und erforschen weiches, warmes Darmgewebe.

Aber sie spürt kein erotisches Prickeln, das sie vielleicht verspüren sollte, als Jean-Richards Pfoten tiefer in ihr graben.

Sie spürt gar nichts – und sehnt sich nur nach Maxim.

45. Kapitel

Kuschelstunde!", ruft der Discjockey, ein Rotkaninchen-Männchen in sein Mikrofon. Das lassen sich die Discobesucher nicht zweimal sagen.

Viele Tiere auf der Tanzfläche werden auf einmal ganz ruhig. Dann hört man ein Stöhnen und Raunen.

Fell wird gestreichelt, Körperöffnungen werden gesucht. Einige Tiere versuchen, sich spontan zu paaren.

Währenddessen ertönt Entspannungsmusik. Klänge von Mike Oldfield und von Jean-Michel Jarre.

Hase Jean-Richard stöhnt und keucht. Er merkt, wie lange er das vermisst hat, was er mit Béatrice jetzt anstellen wird. Sicher halten seine Pfoten ihren Körper am Boden. Sein Geäse schnuppert an ihrem Fell, seine gierige Zunge saugt Schweißtropfen auf und sucht ihre Geschlechtsöffnung. Seine Zunge findet im flackernden Discolicht die Öffnung und gleitet hinein, kostet ihren Saft der Leidenschaft. Sie schmeckt gut, nach Gemüse, findet Hase Jean-Richard und bereitet seinem Macker mit leichten Bewegungen darauf vor, in Béatrice einzudringen.

Ihr bleibt nichts anderes übrig, als still zu halten. Hase Jean-Richards unerbittliche Hinterpfoten drücken sie nach

unten, während er auf ihr sitzend sein „Ding" in sie hinein-
schiebt und gleichmäßig rammelt.

Sein Ding ist anders als das von Maxim, stellt Béatrice
fest. Es ist länger und fordernder. Sein Samenerguss ist
warm und cremig. Wie flüssige Sahne, die in sie hinein-
fließt.

Sie genießt es, als er weiterrammelt. Stöhnend und
schnaufend. So lange, bis sie sexuelle Befriedigung erreicht. Bis sie seine Wärme einfach gut findet und wohl-
wollend knurrt.

Hase Jean-Richard wundert sich über seinen Macker.
Nachdem er einmal gekommen ist, wird er wieder steif und
fest. Auf und ab bewegt er sich in dem Kaninchenweibchen
unter ihm, er rammelt, bis er wieder „explodiert" und sich
seine Cremigkeit in sie ergießt. Warm und wohlig und ero-
tisierend.

Béatrice ist erstaunt. Wie kann ein Hase so oft am Stück
einen Orgasmus haben? Hase Jean-Richard ist ihr ein Rät-
sel. Ihre Pfoten baden unterdessen in seinem Sperma, das
aus ihr herausfließt. Kein Wunder, so viel Sperma kann eine einzelne Kaninchen-Dame an einem Abend auch nicht
in sich aufnehmen.

„War das nicht gut?", murmelt er in ihre Löffel, als alles
vorbei ist, als wieder schnellere Musik gespielt wird. Liebevoll bohrt er mit einer Pfote in ihrer Geschlechtsöffnung
und rührt darin herum, um selbst sein Sperma zu spüren.
„Einen solch grandiosen Orgasmus hatte ich schon ewig
nicht mehr!"

Anschließend untersucht er ihren Po – aber er hat nicht
damit gerechnet, dass Béatrice ihn in seine rechte Pfote
beißt.

„Lass' das!", zischt sie.

46. Kapitel

Hase Jean-Richard ist schlecht gelaunt. Kein Wunder, sein Annäherungsversuch bei Béatrice scheiterte zum Schluss. Offensichtlich fand sie keinen großen Gefallen an seiner Pfote in ihrem Po. Dabei war der vorangegangene Orgasmus einfach spitze gewesen.

Vielleicht aber reagiert er zu ungeduldig.

Nächste Woche wird er Béatrice anrufen.

Im Büro läuft alles chaotisch. Am liebsten würde er Nicolette an die Wand klatschen, die ihm immer mehr demonstriert, dass sie Sandrine nur aus Gnade vertritt und er sie gefälligst nicht mit Arbeit belästigen soll.

Sie reißt ihm unwirsch seine Angebote aus der Pfote und verschickt sie – per Fax, E-Mail oder per Post. Er kann nur hoffen, dass sie alles richtig macht.

Ach – wäre nur Sandrine wieder da!

Abends bemerkt er wieder die schöne schwarz gelockte Borstenkaninchen-Frau an der U-Bahn-Haltestelle. Seit langem einmal wieder. Nur – diesmal ist sie nicht alleine. Und dies versetzt ihm einen Stich. In Schlepptau hat sie einen aparten Mittvierziger, einen Buschmannhasen, gepflegt und rasiert, der ihr ständig Küsschen auf die weichen Fellwangen haucht.

„Ich hätte schneller – und mutiger sein müssen!", denkt Hase Jean-Richard reumütig. Die Borstenkaninchen-Frau war wohl monatelang „zu haben" gewesen, aber welcher Hase wagt schon anzunehmen, dass ein solch reizvolles Wesen solo sein könnte?

Hase Jean-Richard ärgert sich. Er ärgert sich, als er in die Metro steigt. Er ärgert sich während der Fahrt nach Hause. Er ärgert sich so sehr, dass er fast ein Treffen mit Charles Petit Pomme ablehnt, der ihn freudig begrüßt.

47. Kapitel

Und dann ist sie plötzlich davongehoppelt?", fragt Charles Petit-Pomme, als Hase Jean-Richard mit ihm Kaffee trinkt.

„Ja!" Hase Jean-Richard blickt zerknirscht. „Ich weiß nicht, wie ich diese Flucht interpretieren soll. Habe ich sie so verängstigt, dass sie ein Trauma erlitten hat? Oder hatte sie heute einen Termin und musste früh nach Hause aufbrechen? Oder muss sie erst einmal über alles nachdenken?"

„Ich hoffe letzteres für dich! Also, dass sie sich wieder bei dir meldet!", meint Charles mitfühlend. „Nach der Enttäuschung:in mit Stéphanie und der Pleit:in mit Jacqueline hast du es mehr als verdient, dass sich aus einem deiner Treffen mit Nager:innen eine feste Beziehung ergibt!"

„Ja, das möchte ich auch gerne. Aber irgendwie ist alles gerade ziemlich festgefahren! Ich hatte schon lange keinen solchen tollen Orgasmus mehr wie gestern! Mein Sperma war qualitativ so hochwertig wie nie − warm und sanft und cremig, eine reine Wonne! So etwas hat man selten!"

„Ja, stimmt", bekräftigt Charles. „Das ist wirklich ein seltener Moment. Der perfekte Moment für die wahre Liebe zwischen zwei Hasen!"

„Da sagst du etwas!" Nachdenklich nippt Hase Jean-Richard an seinem Kaffee und nimmt einen großen Schluck.

„Wonach hat Béatrice eigentlich geschmeckt, bevor ihr beiden einen Orgasmus hattet?", will Charles wissen.

„Nach Gemüse. Ihr Darm roch nach Gemüse. Nach einem Feld voller Karotten und Gras. Und ihre Scheide war noch köstlicher. Wie ein Paradiesgarten voller Babymöhren und Gurken! Ich hätte stundenlang an ihr lecken können!" Schwärmerisch schaut Hase Jean-Richard über den Bahnhof, über die Bahngleise und bleibt schließlich an seinem Freund hängen. „Ich kann es nicht beschreiben, es war einfach wunderschön!“

„Hmm, Gemüs:in, Karott:innen und Gras:innen. Das klingt in der Tat köstlich!“, sinniert Charles und fährt mit seiner Zunge über seine Lippen.

„Sag mal, warum genderst du eigentlich die ganze Zeit?“ Hart und abrupt klingt die Frage von Hase Jean-Richard. Streng sieht er seinen Freund an.

„Das Gendern liegt bei uns in der Familie“, antwortet Charles. „Schon meine Urgroßmutter genderte, meine Großmutter auch. Ebenso meine Mutter. Da war es klar, dass auch ich gendere. Gendern gehört einfach zu meiner Natur. Es ist wie mein zweites Ich!“

„So, so“, überlegt Hase Jean-Richard laut. „Mir geht das Gendern manchmal auf die Nerven.“

„Tut es das?“, fragt Charles erstaunt. „Vielleicht solltest du lernen, damit umzugehen. Dass es dich nicht mehr nervt, sondern amüsiert. Dann wird dein Leben reicher und bunter und gehaltvoller!“

Hase Jean-Richard kann darauf nichts mehr sagen. Ihm fallen weder positive, noch negative Worte ein.

„Du bringst mich zum Nachdenken! Danke dafür!“, verabschiedet er sich von seinem Freund. „Und danke für den guten Kaffee. Du hast mich abgelenkt von vielen Problemen. Ich werde positiv darüber nachdenken!“

Dabei betont er das Wort „positiv“, das er jetzt vermehrt in seinen Wortschatz aufnehmen will. Egal, wie sehr und wie oft ihn das Gendern stört.

48. Kapitel

Béatrice ist müde, als sie der Wecker morgens unsanft aus dem Schlaf reißt. Aber es hilft nichts – die Arbeit ruft.

Auch Maxim steht auf. Maxim, der immer ordentlicher wird. Er bringt nicht mehr alles in Unordnung, was sie liebevoll arrangiert und gesäubert hat. Der gemeinsame Bau sieht immer gemütlicher aus und nicht mehr wie eine Räuberhöhle.

Maxim frühstückt mit ihr – eine Tatsache, die vor Monaten noch undenkbar gewesen wäre. Da er keine festen Arbeitszeiten einhalten muss, schlief er sonst lange aus.

Das ist jetzt vorbei – das tägliche gemeinsame Frühstück ist zum Ritual geworden, auf das sich beide freuen.

„Na – wie war der Abend mit deiner Schulfreundin? Habt ihr viel eingekauft?", fragt Maxim gutgelaunt.

„Leider haben wir nicht das Passende gefunden!" Béatrice greift nach einem Salatblatt. „Sabine suchte nach einer Handtasche, ich nach einem Paar Pfotenwärmern für den Winter. Aber diese Sachen sind sündhaft teuer!"

„Aha!" Maxim beißt in seine Karotte mit Schnittlauch. Seine linke Pfote fasst beiläufig in die Tasche seines dunkelblauen Frotteebademantels und zieht einen weißen Umschlag heraus. „Du hast gestern Post bekommen!"

Béatrice runzelt die Stirn. Ihre Blicke hellen sich auf. Post vom Verlag LA STATION LITERAIRE aus Fribourg in der Schweiz! Der DIN-C-5-Umschlag lässt darauf schließen, dass diesmal ihr Manuskript nicht abgelehnt wurde!

Hastig schlitzt sie mit dem Griff einer Gabel den Umschlag auf, zieht mehrere beschriebene Seiten heraus und liest atemlos:

„Sehr geehrte Frau Chanterelle,

wir bedanken uns für Ihr Schreiben und für das sehr lesenswerte und interessante Manuskript.

Unser Lektorat hat sich stichprobenhaft mit Ihrer Arbeit befasst und ist zu einer sehr positiven Einschätzung gelangt. Wir glauben auch, dass Ihr Manuskript gut in unser Verlagsprogramm passen würde."

Béatrice hält inne – hat ihre Suche nach einem Verlag endlich ein gutes Ende gefunden?

„Was steht in dem Brief?", fragt Maxim, der aufmerksam ihr Mienenspiel beobachtet hat.

„Ich lese ihn dir vor", meint Béatrice und wiederholt nochmals die ersten Sätze. Je weiter sie liest, desto bleicher wird sie, desto mehr sträubt sich ihr weiches Fell. Nein, das hört sich ja alptraumhaft an!

„Gern übermitteln wir Ihnen hier die Eckdaten unserer Kalkulation in Verbindung mit dem Veröffentlichungsangebot.

Erstauflage 1.000 Exemplare, wobei hier ein Zuschuss zu den Produktionskosten in Höhe von 5.000 Euro zuzüglich 20 % Mehrwertsteuer zu bezahlen wäre. Im Zuschuss sind 40 Freiexemplare enthalten, der Ladenverkaufspreis würde bei etwa 12,50 Euro liegen.

Bei der ersten Auflage wird kein Honorar gezahlt, während bei Folgeauflagen, die stets voll vom Verlag finanziert werden, ein Honorar von 10 Prozent gezahlt wird.

Sofern Sie über die 40 Freistücke hinaus weitere Exemplare benötigen, können Sie diese bei uns mit einem Autorenrabatt von 30 Prozent vom Ladenverkaufspreis beziehen."

Béatrice schießen die Tränen in die Augen, und mit zittriger Stimme liest sie weiter:

„Ein Honorar entfällt bei der Erstauflage auch deshalb, weil davon – um Autorennamen und Buchtitel bekannt zu machen – große Stückzahlen als Freiexemplare abgegeben werden müssen – als Besprechungsexemplare für Zeitungen, Zeitschriften, Pressedienste, Rundfunk- und Fernsehanstalten, als unberechnete Lese- und Schaufensterexemplare in Buchhandlungen, als kostenlose Belegexemplare für Titelaufnahmen in buchhändlerischen Katalogen."

Béatrice lässt den Brief sinken.

„Maxim – ich habe doch keine 5.000 Euro plus Mehrwertsteuer!"

Maxim greift nach ihrer rechten Vorderpfote.

„Mein armer Liebling – ich weiß, dass dein Buch gut ist. Möchtest du nicht nochmals mit deinem Chef sprechen, ob euer Verlag zu einer Veröffentlichung bereit ist?"

„Es hat doch keinen Wert", flüstert sie. „Von Verlagen, wie LA STATION LITERAIRE, habe ich schon gehört. Sie knöpfen den Autoren viel Geld ab, nur damit ein Buch endlich veröffentlicht wird. Sie wollen auch Geld für Werbung haben, obwohl sie keinen Cent davon für Werbung einsetzen – die großen Verlage haben bessere Mittel, ihre Autoren bekannt zu machen. Und – wenn du einmal bei einem dieser so genannten ‚Zuschussverlage' ein Buch veröffentlicht hast, findest du erst recht keinen seriösen, großen Verlag für künftige Buchprojekte."

„Was wirst du tun?", fragt Maxim besorgt.

„Mein Manuskript zurückfordern", antwortet sie beinahe tonlos. Übelkeit erfasst sie, und sie stürzt auf die Toilette.

Maxim blickt ihr kopfschüttelnd nach. Irgendwas stimmt mit ihr nicht. Und daran kann nicht nur das „tolle Verlagsangebot" schuld sein.

Maxim ist sich sicher, dass der wahre Grund woanders liegt. Sein Verdacht wird bestätigt, als er an der Toilettentüre lauscht.

Er hört, wie sich Béatrice übergibt.

49. Kapitel

In Béatrices Gedanken kreist unaufhörlich ihr Manuskript, während sie in ihrem Büro sitzt.

Hase Jean-Richard hat sie bereits vergessen. Im Moment jedenfalls. Außer den zwei Orgasmen passierte gestern Abend nichts mehr – sie verließen die Tanzfläche. Béatrice hoppelte hastig davon. Sie musste heimkehren, um nicht zu spät ins Bett zu kommen.

Eines schafft sie heute jedenfalls – sie lässt sich bei ihrem Arzt einen Termin geben. Vielleicht leidet sie an einem Magengeschwür?

In zwei Tagen wird sie Bescheid wissen.

50. Kapitel

Noch immer ärgert sich Hase Jean-Richard so sehr, dass er Sandrine beneidet, die sich auf Martinique in der Sonne räkelt.

Was er jedoch nicht ahnt, ist, dass auch Sandrine nicht gerade den glücklichsten Urlaub ihres Lebens erlebt. Dabei beginnt alles so positiv.

In einer Bar lernt sie einen gutaussehenden deutschen Geschäftshasen kennen. Er verwickelt sie in eine angeregte Unterhaltung und lotst sie in seine Schlafkiste in einem Fünf-Sterne-Hotel.

Sandrine ist selig, verliebt bis über beide Löffel. Dieser Zustand währt zwei Tage – und zerspringt jäh wie dünnes Glas, als jener Liebhaberhase Sandrine folgendes Geständnis macht:

„Ich bin verheiratet und habe zwei Kinder. Die Zeit mit dir, Sandrine, möchte ich nicht missen. Aber meine Hasengattin werde ich nie verlassen!"

Sandrine bricht in Tränen aus – versetzt diesem Rammler einen Tritt in den Bauch und flüchtet aus seinem Bau. Von Mittvierzigern, die auf Geschäftsreise sind, hat sie gründlich die Nase voll. Warum fällt sie immer auf die falschen Hasen herein?

Sie sucht Trost – am Meer, am Strand und bei Wanderungen. Ein spanischer Barhase verliebt sich in sie und haucht ihr heiße Liebesschwüre in die Löffel:

„Ich liebe dich – bitte, nimm mich mit nach Paris!"

Sie schreckt zurück, denn sie hat Angst. Angst davor, diesen Hasen in Paris durchfüttern zu müssen.

Und wieder flüchtet sie – flüchtet vor den hungrigen Blicken dieses Barhasen und getraut sich in keine einzige Bar mehr.

Ihr Fell wird flauschig und weich – sie wirkt erholt. Aber innerlich fühlt sie sich leer und zerrissen.

Kein Wunder, dass sie sich freut, als sie an einem windigen Herbsttag wieder auf dem Flughafen Paris-Orly landet.

51. Kapitel

Im Urlaub hat sie folgendes Buch gelesen:

„Mit uns" von Noelle-Marie Menson.

Eigentlich wollte sie das Buch während dieses Urlaubs zu Ende lesen, aber so einfach ging das nicht. Das Buch ist nämlich nicht einfach zu lesen, teilweise ist es recht anstrengend. Sie hat es aber dennoch geschafft, das Buch ganz zu lesen.

Hat es ihr gefallen?

Über die Autorin Noelle-Marie Menson: Die französische Autor-Riesenschecke wuchs in Brest und auf Fuerteventura auf. Sie studierte Verwaltungswissenschaften in Nizza und arbeitete dort als Hochschuldozentenkaninchenfrau.

Als sie zu schreiben begann, gewann sie jede Menge Literaturpreise. Beispielsweise den „Priz de Champignon" der Jägervereinigung der westlichen Normandie für ihr Werk „Le champignon dans le champ de mais sans imperméable" (Der Champignon im Maisfeld ohne Regenmantel) und den „Priz de l'aventure pour la publique oubliée" (den Abenteuerpreis für die vergessene Öffentlichkeit) für ihr Werk „Vieille bizarrerie, oubliée dans la pampa russe" (Alte Schrulle, vergessen in der russischen Pampa).

Worum geht es in dem Buch „Mit uns"?

Der Roman besteht aus vielen Momentaufnahmen einiger Leute aus Saint-Quentin-la-Motte-Croix-au-Bailly, die sich in den Jahren von 1890 bis 1906 abspielen. Frankreich ist damals ein Kaiserreich und Saint-Quentin-la-Motte-Croix-au-Bailly gilt als interessantester Ort im Land, da der Ortsname ellenlang ist.

Die Leser machen Bekanntschaft mit Georges, der aus Paris kommt, in Saint-Quentin-la-Motte-Croix-au-Bailly das Lycée (Gymnasium) besucht und nicht sonderlich Freude an der Schule hat. Er wohnt bei einem Kutschermeister, der nicht nur ihn, sondern auch andere Schüler beherbergt.

Weiterhin lernt man François Leforges kennen, praktizierender Sportlehrer verheiratet und kinderreich. Seine Frau kommt mit der Kinderschar nicht klar, immer wieder leidet sie an seelischen Problemen.

Der Schuhmachermeister Clément Clémence ist sehr beschäftigt. Seine Nachbarschaft, besonders Romy Romance, interessiert sich für seine Kakteenzucht.

Alba Lebruit ist Dienstmädchen bei der Familie Leforges. Sie träumt von einer Karriere als Reiterin, besucht an ihren freien Tagen ein Gestüt und lernt das Reiten.

Es gibt noch viele andere Personen, deren Schicksal teilweise gestreift wird oder über die ausführlicher berichtet wird.

Die Autorin hat einen sehr anspruchsvollen Erzählstil gewählt mit wenig wörtlicher Rede, viel indirekter Rede und einigen alten Wörtern. So ist ein Gymnasium beispielsweise eine „Anstalt" und die Frau des Pastors eine „Pastete".

Einen roten Faden in der Handlung sucht man vergeblich, auch ist keine Spannung vorhanden. In dem Buch geht es vielmehr um die Gesellschaft in Frankreich gegen Ende des 19. Jahrhunderts und im frühen 20. Jahrhundert. Wer in wohlhabenden Verhältnissen geboren ist, kann es schaffen, Karriere zu machen. Vorwiegend ist das Männern vergönnt.

Frauen kümmern sich um die Kindererziehung, beaufsichtigen das Dienstpersonal. Wer wohlsituiert ist, fährt im Sommer für einige Wochen in den Urlaub, beispielsweise nach Biarritz.

Viele der Figuren sowie die Darstellung der Gesellschaft aus längst vergangenen Zeiten ziehen den Leser in den Bann. Zum Glück gibt es am Anfang des Buches ein Verzeichnis der handelnden Personen. Es ist nützlich und erleichtert die Lektüre immer wieder.

Sandrine findet, dass sich das Buch nicht als Entspannungslektüre in Nullkommanichts durchlesen lässt. Es erfordert Konzentration. Viele Personen, viele Puzzleteile, viele Momentaufnahmen machen diesen Roman aus. Von manchen wird mehr, von anderen weniger berichtet. Manche Fragen, die man als Leser hat, bleiben ungeklärt. Aber das schmälert nicht den Reiz des Buches.

Auf jeden Fall ist die Zeit zum Ende des 19. Jahrhunderts und zu Beginn des 20. Jahrhunderts faszinierend dargestellt.

Das ist Sandrines Fazit, als sie das Buch zuklappt. Das normale Alltagsleben im Büro ruft wieder. Sie ist gespannt, was sie erwarten wird.

52. Kapitel

Herzlichen Glückwunsch – Sie sind trächtig!" Gut gelaunt wäscht sich Doktor Babiller (deutsch: Doktor Schwababbel) Frauenarzt in der Nähe des Gare Est (Westbahnhof) in Paris, die Pfoten. Vorher hat er vorsichtig Béatrices Geschlechtsöffnung untersucht und ihren Bauch abgetastet.

Oh nein! Béatrice wird schwindlig. Was – kein Magengeschwür, kein Blinddarmproblem, sondern mindestens ein Kaninchenjunges?

Maxim wird sich jedenfalls freuen. Er wollte schon immer mindestens ein Kaninchenjunges haben. Wie schusselig von ihr, dass sie in den letzten Wochen vor lauter Stress versäumte, die Pille zu nehmen. Dank Maxims stürmischer Liebesattacken vergaß sie völlig, auf ihre Periode zu achten.

„Na – freuen Sie sich, Frau Chanterelle?", unterbricht der Arzt ihre Gedanken.

„Immer noch Fräulein Chanterelle, bitte!", berichtigt Béatrice forsch.

Der Arzt stutzt und stellt aufmerksam seine Löffel nach oben.

„Ich hoffe doch, Sie werden Ihre Kaninchenjungen nicht alleine großziehen müssen?"

„Nein, nein!" Béatrice schüttelt den Kopf. „Mit dem Vater der Jungen teile ich schon seit Jahren einen Bau. Der Vater ist ganz wild auf Kaninchenjungen – er wird kräftig bei der Erziehung mitwirken!"

Monsieur Dr. Babiller lächelt:

„Na – dann ist doch alles in bester Ordnung! Freuen Sie sich!“

Béatrice weiß nicht, ob sie sich freuen soll. Kaninchenjungen wollte sie eigentlich nie haben, aber vielleicht kann sie sich mit der Zeit für die kleinen Wesen in ihrem Bauch erwärmen.

Maxim freut sich tatsächlich riesig, springt wie wild um Béatrice herum und haucht ihr einen Kuss auf die Lippen.

„Liebling – nein, wie wundervoll! Ich werde Vater!“

Innig drückt er sie an sich und küsst sie wieder.

Zärtlich legt er eine Pfote auf ihren Bauch.

„Wenn sie zum ersten Mal strampeln, lasse es mich wissen!“

Plötzlich sieht er sie besorgt an.

„Liebling, du musst dich jetzt schonen!“

„Nein, nein – so schlimm ist es nicht!“ Sie lächelt. „Ich werde noch weiterarbeiten, und vielleicht kann ich, wenn die Jungen geboren sind, auch zu Hause als Lektorin arbeiten.“

„Ach, Béatrice, denke doch nicht immer an deinen Verlag!“ Maxim macht eine wegwerfende Handbewegung. „Mach' doch mal Pause! Dann musst du dich nicht über schlechte Manuskripte aufregen...“

Béatrice überlegt. Finanziell stehen sie und Maxim nicht schlecht da – vorwiegend dank der Software, an der er arbeitet. Aber soll sie immer mehr den Kontakt zu ihrem Beruf verlieren – wegen einer Kaninchenkinderschar?

Dazu hat Béatrice noch lange Zeit zum Überlegen. Störend in ihrem Leben ist jetzt allerdings Jean-Richard, das „Sofakissen“, der Rammler, mit dem sie Maxim eifersüchtig machen wollte. Ohne dass Maxim von Jean-Richard wusste, änderte er sich von selbst – erstaunlicherweise.

Ja – Maxim und sie sind füreinander bestimmt. Nun muss sie sich noch überlegen, wie sie dem Rammler Jean-

Richard schonend beibringt, dass sie den Kontakt mit ihm abbrechen muss.

---

53. Kapitel

Noch ahnt Hase Jean-Richard nichts. Noch nichts. Beim Einkaufen merkt er erneut, dass er sein Leben besser organisieren sollte – nach dem Motto: „Willst du eine Häsin beglücken, musst du dich erst selbst entzücken!"

Seine alten Zeitschriften werden im Moment zu Umweltschutz-Briefpapier verarbeitet. Im Supermarkt will er nur das Notwendigste kaufen. Er hat keine Zeit, einen Einkaufswagen mit einer Münze zu befreien und stapelt deswegen seine Einkäufe in beiden Pfoten.

Mit einem Kilo Möhren und einem Joghurtbecher bewaffnet, erreicht er die Hintertür, auf der in großen Buchstaben „Wollen Sie Pfandflaschen abgeben? Bitte klingeln Sie zweimal am Schalter links neben der Türe!" steht.

Atemlos platziert er die Möhren und den Brokkoli auf die Mineralwasserkisten rechts neben ihm. An seiner linken Pfote baumelt eine Plastiktüte mit drei leeren Wasserflaschen.

Er klingelt.

Samstagmorgen ist es. Entsprechend viele Hasen und andere Tiere tummeln sich in diesem Supermarkt. Manche haben so viele Möhren, Gurken, Eisbergsalatköpfe und anderes Gemüse in ihren Einkaufswagen gestapelt, dass man meinen könnte, übermorgen ginge die Welt unter.

Hase Jean-Richard beobachtet die Tiere, die an ihm vorbeihoppeln – teilweise Familien mit quietschenden Hasenkindern, bellenden Hundewelpen und miauenden Katzenbabys.

Kein Angestellter in diesem Supermarkt nimmt gerne Pfandflaschen entgegen – heute am Samstag erst recht nicht.

Und so muss Hase Jean-Richard lange warten. Er klingelt wieder.

Plötzlich stutzt er – ist das nicht Sandrine? Gedankenverloren schlendert sie am Kaffeeregal entlang und zieht schließlich eine grün-weiße Packung heraus. Gut sieht Sandrine aus, erholt und braun gebrannt. Sie trägt eine dunkelbraune Lederjacke und schicke, schwarze Baumwollhosen.

„Hallo Jean-Richard!", ruft sie, als sie ihn sieht. Nanu, klang nicht ein wenig Freude in ihrer Stimme?

„Hallo Sandrine!"

Am liebsten würde er „Schön, dich zu sehen!" hinzufügen, aber er verkneift es sich. Er freut sich wirklich, hier in diesem Supermarkt Sandrine zu treffen. Aber sie soll keinen falschen Eindruck bekommen.

„Wie war es im Urlaub?", fragt er also. „Du siehst gut aus!"

„Fantastisch!", lügt sie und strahlt dabei. „Tja, am Montag beglücke ich euch wieder im Büro."

Ihm entgeht die Ironie in ihrer Stimme nicht, aber er meint ehrlich:

„Sandrine, ich freue mich, wieder mit dir zusammenzuarbeiten! Nicolette war eine Katastrophe!"

„Wirklich?" Sie starrt ihn ungläubig an. „Aber Nicolette ist flott, sie arbeitet gut – jeder mag sie."

„In ihrem Arbeitsgebiet vielleicht." Er lächelt bitter. „Aber nicht, wenn sie dich vertreten soll!"

„Ach, du liebe Zeit!" Sandrine blickt erschrocken. „Hoffentlich ist nichts schief gegangen! Es ist ein Trauerspiel, wenn man nicht einmal im Urlaub mit einer reibungslosen Vertretung rechnen kann…"

Ihre Diskussion wird jäh unterbrochen, denn endlich erscheint eine Angestellte. Ein Frettchen mit kurzem strähnigem Fell und einer knallroten Schürze aus der Metzgereiabteilung, haut in die Tasten der Pfandflaschenkasse und händigt Hase Jean-Richard einen kleinen, grünen Beleg aus.

Sandrine ist schon weitergegangen. Eine Häsin ihres Formats schiebt einen Einkaufswagen vor sich her – so auch sie. Außerdem reiste sie gerade aus dem Urlaub an und muss ihre Speisekammern wieder neu füllen.

Hase Jean-Richard geht an ihr vorbei – beladen mit drei Wasserflaschen – vollen natürlich – den Möhren, dem Brokkoli und einem Joghurt ohne Fruchtgeschmack.

Er lächelt Sandrine an, sie lächelt zurück.

„Ich will jetzt abnehmen!", meint er beinahe entschuldigend.

„Ja, warum nicht?", antwortet sie ohne jegliche Ironie. „Aber nebenher solltest du Gymnastik machen."

„Gymnastik?" Er staunt. „Machst du denn Gymnastik? Ehrlich gesagt, du hast das nicht nötig – mit deiner Traumfigur!"

Lachend schüttelt sie den Kopf. Eigentlich weiß sie selbst nicht, warum sie sich so ausgelassen und ungezwungen mit Jean-Richard unterhält. Vielleicht ist die Urlaubserholung der Grund – die Urlaubserholung, die sie nicht hat. Oder einfach die Tatsache, nach einem trügerischen deutschen Liebhaber-Geschäftshasen und einem wilden spanischen Barhasen auf Martinique wieder einen normalen Hasen zu sehen. Einen Hasen, den sie kennt und von dem sie weiß, dass er harmlos ist.

„Ich gehe jeden Montag ins Fitness-Studio nicht weit von deinem Bau! Komm doch einfach mit – dort kannst du gezielt deine Fettpolster angehen!"

Fitness-Studio? Keine schlechte Idee, und Hase Jean-Richard willigt ein. Sie verabreden sich – am Montag nach der Arbeit.

Hase Jean-Richard fühlt sich gut – irgendwie, wie auf Wolken schwebend.

Er schlendert an eine Kasse – vorbei an tierischen Kunden mit vollen oder halbvollen Einkaufswagen. Vorbei an einigen Angestellten des Supermarktes in pastellfarbenen Oma-Schürzen, die geschäftig H-Milch-Tüten und Trockenfutter-Pakete in Regale räumen.

Endlich erreicht er eine Kasse, die vollen Mineralwasserflaschen hängen wie Gewichte an seinen Fingern. Tapfer stellt er sich hinter drei Tieren mit randvollen Wagen und wartet.

Nach einer Weile kann er seine Einkäufe auf das Fließband stellen und zückt seinen Geldbeutel.

„Drei Euro achtundvierzig!", flötet die Kassierer-Häsin mit blonder Dauerwelle wie ein Roboter.

„Man wird wohl zum Roboter, wenn man den ganzen Tag Zahlen daher sagt!", denkt Jean-Richard, als er in seinem Geldbeutel ein Ein-Euro- und ein Zwei-Euro-Stück findet.

Die achtundvierzig Cents sind jedoch ein größeres Problem. Hase Jean-Richard weiß, dass er sie hat, und zwar genau auf den Cent. Wie wild fischt er nach Zehn-Cent-Stücken, die genauso aussehen wie die Hong-Kong-Dollars, die sich noch von seinem letzten Aufenthalt dort in seinem Geldbeutel räkeln. Eine nette Erinnerung – nur heute etwas lästig.

Er findet vier Zehn-Cent-Stücke, während eine Dame hinter ihm sich schon ungeduldig räuspert. Sie soll warten. Acht Cents findet er hinter den alten Kassenzetteln von vor zwei Wochen, die er achtlos in seinen Geldbeutel gesteckt hat. Heute noch wird er diese endlich wegwerfen.

Zum Glück hat Sandrine nicht beobachtet, wie er in seinem Geldbeutel kramte. Für sie würde er seinen ganzen Bau umkrempeln. Und er bemerkt erstaunt, wie sehr er sich auf den Abend im Fitness-Studio freut.

Béatrice hat er vergessen.

54. Kapitel

Sandrine Vaillant genoss den morgendlichen Spaziergang zu jenem Supermarkt. Ein Spaziergang, der sich eine halbe Stunde hinzog.

Vielleicht hätte sie doch diesmal ihre Harley-Davidson nehmen sollen – dieses hübsche und schnittige Motorrad, mit dem man mühelos in jeden Parkplatz gelangt. Nur bei diesem mörderischen Samstagsverkehr wollte sie durch die Straßen hoppeln.

„Eine falsche Entscheidung", denkt sie, als sie mit prallvollen Taschen aus dem Supermarkt tritt. Aber die Bushaltestelle befindet sich gleich um die Ecke.

Sandrine marschiert dorthin – die drei Einkaufstaschen schlagen gegen ihre Hinterpfoten. Eigentlich wollte sie wenig einkaufen, aber als sie erst im Supermarkt war und an den Regalen vorbeischlenderte, fiel ihr viel ein, was sie brauchen konnte.

Und so kaufte sie eine Menge.

Zum Glück lässt der Bus nicht lange auf sich warten – jedoch wollen zu viele Tiere mitfahren. Sandrine erwischt gerade noch einen Sitzplatz und verstaut ihre Taschen artig neben und unter sich.

Der Bus füllt sich – sie wundert sich, dass der Busfahrer immer noch mehr Leute einsteigen lässt. So lange, bis der Bus zum Bersten voll ist.

Neben Sandrine sitzt eine ältere Hasenkaninchen-Dame, die zum Glück nur eine Tasche voller Waren mit sich führt und diese auf ihrem Schoß platziert.

Jeder Platz ist besetzt. Die Tiere, die stehen, quetschen sich wie Sardinen aneinander.

Allerdings hat die Widderkaninchen-Dame, die hinter Sandrine sitzt, den Platz neben sich mit ihrem Einkaufskorb und etlichen Taschen belegt.

Einer stehenden Riesenschecke passt das überhaupt nicht, und sie fängt laut an zu wettern:

„Hören Sie mal, das ist ganz schön unverschämt, wie Sie diesen freien Platz belegt haben! Eine Bank nur für Einkäufe! Und die alte Löwenmähnchen-Kaninchen-Dame dort hinten...," sie deutet mit dem Kopf auf eine ältere Kaninchen-Dame, die sich neben den hinteren Ausstieg gezwängt hat, „‚muss stehen‘“

Ungehalten blickt die Sitzende die aufgetakelte Riesenschecke im Popeline-Mantel an. „Ich zahle 49 Euro für die Monatsfahrkarte. Deswegen stehen mir diese zwei Plätze zu!“

„Was für ein egoistisches Benehmen!“, schaltet sich eine andere Häsin ein, die ebenfalls steht.

„Ich fahre sowieso nicht weit!“, versucht die Widderkaninchen-Dame neben dem Ausstieg die aufgebrachten Herrschaften zu beruhigen.

„Trotzdem – es geht nicht, dass Sie zwei Plätze belegen!“, beharrt die Popeline-Bemantelte.

„Lassen Sie mich in Ruhe!“, zischt die Widderkaninchen-Dame auf den zwei Sitzplätzen und starrt stur geradeaus.

Der Bus fährt durch die Siedlung, schleudert um die Ecken. Die Stehenden klammern sich an den Haltestangen fest – wie Ertrinkende an den Schiffsbalken auf einem sinkenden Dampfer.

Sandrine überlegt, ob sie ihren Platz anbieten soll. Dazu müsste sie allerdings aufstehen und sich an ihrer Banknachbar-Hasenkaninchen-Dame vorbeizwängen. Unmöglich, wenn man wie in einer Konservendose eingepfercht ist.

Der Fahrer, ein Japaner-Kaninchen-Männchen, vermeldet mit monotoner Stimme eine Haltestelle nach der anderen. Einige Tiere steigen aus, aber andere wiederum steigen ein, mischen sich in das Meer der schnaufenden, stehenden Herde. Die Tiere stehen in äußerster Anspannung, Körper an Körper.

Zwischen den beiden vor Minuten noch streitenden Kaninchen-Damen herrscht eisiges Schweigen. An einer scharfen Kurve fliegt ein Apfel aus dem vollgestopften Korb der Widderkaninchen-Dame mit den zwei Sitzplätzen. Verzweifelt versucht diese, nach dem verlorenen Apfel zu angeln – mit ihrem rechten Fuß. Aber dies gelingt nicht, der Apfel kullert in die vorderen Bankreihen. Und die Widderkaninchen-Dame mit den zwei Sitzplätzen lehnt sich seufzend zurück. Nichts zu machen – diesen Apfel wird sie nicht wiederbekommen.

Die Riesenschecke im Popeline-Mantel grinst hämisch.

Und plötzlich erfasst Sandrine ein Lachkrampf. Sie wird puterrot und schüttelt sich auf ihrem Sitz. Nein, wie komisch kann doch das Leben sein – obwohl es oft Enttäuschungen in sich birgt.

Sandrine lacht schallend auf ihrem Sitz – unter den erstaunten Blicken der Mitpassagiere. Einige stimmen in das Lachen ein, obwohl sie nicht wissen, warum. Selbst die Widderkaninchen-Dame mit den zwei Sitzplätzen schafft es, ihr Geäse ein wenig zum Lachen zu verziehen.

„Nein, wie komisch doch das Leben ist", denkt Sandrine. Und auf einmal fällt jegliche Urlaubsenttäuschung von ihr ab. Jene Erlebnisse mit dem Geschäfts- und dem Barhasen – alles weht fort in einem einzigen Lachanfall.

Sandrine lacht immer noch, als sie aussteigt. Und auf einmal weiß sie: sie kann jetzt weitermachen. Weitermachen mit einem neuen Leben – und vielleicht mit neuen Rammlern.

55. Kapitel

Erfrischt und ausgeruht erscheint Sandrine morgens im Büro. Die Fragen nach ihrem Urlaub beantwortet sie, ohne mit der Wimper zu zucken, mit einer Lüge:

„Ja, der Urlaub war einfach klasse!"

Obwohl der Urlaub zu den miesesten gehört, die sie je erlebt hat. Aber Sandrine will sich keine Blöße geben – warum soll sie allen Leuten die Wahrheit berichten?

Und so schwebt sie durchs Büro, verhält sich ruhig und ausgeglichen und beschenkt Jean-Richard mit einigen Spuren ihres Lächelns. Dieser führt es auf Sandrines Urlaub zurück oder die Verabredung im Fitness-Studio.

Sandrine arbeitet sich schnell wieder ein, seufzt aber, als sie bemerkt, wie nachlässig Nicolette teilweise gearbeitet hat.

„Ich werde beim nächsten Mal eine andere Vertretung einarbeiten müssen!", stöhnt sie. Warum kann man nicht einmal einige Wochen ausspannen, ohne dass gleich etwas schiefläuft?

Hase Jean-Richard wartet abends schon vor dem Fitness-Studio, und Sandrine schüttelt ihm die Hand.

„Schön, dass du gekommen bist – du wirst es nicht bereuen!"

Hase Jean-Richard schluckt ein wenig beim Anblick der Foltergeräte im Studio.

„Was – sag' mal, beherrschst du all diese Geräte?"

„Nicht alle!" Sie lächelt. „Aber die meisten. Ich benutze vorwiegend die Vorrichtungen, die meine Problemzonen positiv beeinflussen!"

Hase Jean-Richard gibt darauf keine Antwort. Mit Frauen sollte man nicht über Problemzonen diskutieren, das weiß er genau. Weibliche Tiere erfinden Problemzonen dort, wo keine sind. Sandrine macht hierbei keine Ausnahme.

Ihr Körper ist makellos, findet Jean-Richard. Und er sieht keine einzige Problemzone.

Dafür besitzt er umso mehr. Und diese will er endlich mal in Angriff nehmen.

Vorher jedoch lotst ihn Sandrine zu einer Bar.

„Ich nehme immer einen Fitness-Drink vor den Übungen", erklärt sie und bestellt zwei Gläser.

Ein gutaussehender Rammler, Marke „John Travolta", gießt zwei Gläser voll und reicht sie Sandrine.

„Dein Drink ist umsonst!" Sie reicht Jean-Richard ein langes schlankes Glas mit einer knallgrünen, dicken Flüssigkeit. „Weil du heute zum ersten Mal hier bist! Beim nächsten Mal zahlst du drei Euro fünfzig, aber es lohnt sich. Dieser Drink enthält viele Vitamine!"

Sie hält ihr Glas in die Höhe und stößt mit Jean-Richard an.

„Zum Wohle!", meint er und trinkt beherzt. Der Geschmack nach Spinat mit Zementzusatz lässt ihn innerlich erschauern, aber er getraut sich nicht, seine Ansicht laut kundzutun.

„Na – schmeckt doch super, nicht wahr?" Sandrine nimmt genüsslich einen Schluck des „flüssigen Spinatzements" und lässt ihn auf der Zunge zergehen wie Schokolade.

Nein, an dieses Getränk wird er sich nie gewöhnen, denkt sich Jean-Richard. Auch wenn es noch so gesund ist.

„Es birgt einen ganz besonderen Geschmack in sich!" Er versucht, diplomatisch zu klingen.

„Am Anfang konnte ich mich nicht für den Geschmack erwärmen!", gibt Sandrine unumwunden zu. „Aber jetzt habe ich mich richtiggehend in dieses Getränk verliebt – ich trinke jeden Morgen ein Glas!"

Wieder erschauert Hase Jean-Richard bei diesem Gedanken und trinkt tapfer sein Glas aus. Die Vitaminbombe hat ihn immerhin nichts gekostet, und so sollte er sich nicht beklagen.

Sandrine stellt ihm Pernille vor. Pernille und ihrem Freund, dem Bodybuilder-Hasen Gawain, gehört dieses Fitness-Studio. Sandrine scheint die beiden schon seit Ewigkeiten zu kennen.

„Na, dann zeige ich Ihnen mal die Geräte!", bietet sich Pernille an. Sie hat ein wallendes grau-weiß gestreiftes Fell, eine Traum-Mähne. Eine gutaussehende Marburger Feh, stellt Hase Jean-Richard fest, aber da sie schon in festen Pfoten ist, käme sie für ihn sowieso nicht in Frage. Hase Jean-Richard drängt sich nicht in bereits schon bestehende Beziehungen.

Pernille lotst Hase Jean-Richard zu einem Gerät, das wie eine Pfotenzange aussieht, im Fachjargon aber „Butter-fly" heißt.

„Das wäre etwas für den Anfang", meint sie mit dunkler Stimme. „Vielleicht schaffen Sie es, 20 Male die Zange auseinander zu drücken und dann wieder zusammen!"

Nichts leichter als das, denkt Jean-Richard. Zuversichtlich setzt er sich zwischen den „Butterfly" und versucht mit seinen Vorderpfoten, die beiden Hebel nach außen zu drücken. Dies schafft er ein, zwei, drei Male, dann jedoch kostet es ihn einige Mühe. Er beginnt zu schwitzen.

Sandrine neben ihm schafft mühelos einige Male mehr als er, ohne gleich zu keuchen und zu schwitzen.

„Du machst einen Fehler", erklärt sie. „Du verpulverst deine ganze Kraft gleich zu Anfang, gehst sehr schnell vor und bist rasch aus der Puste! Du solltest deine Kräfte gleichmäßiger einteilen!"

Er nickt und kämpft verbissen weiter. Was Sandrine rät, stimmt.

Er probiert den „Butterfly", und dann unter Pernilles fachkundiger Anleitung ein Gerät, das aussieht wie eine Beinzange – es heißt „Beinpresse". Dann noch Apparaturen, die seine Bauch- und Rückenmuskeln stärken sollen.

„Ich wusste nicht, dass alles so viel Energie kostet! Ehrlich, ich dachte, alles sei viel leichter!" Er atmet schwer, als er Hanteln zuerst einige Male nach oben, dann zur Seite bewegt.

Hase Jean-Richard stellt fest, dass – sobald er etwas für seine Fitness tut – die Zeit stehen bleibt. Ihn strengen die Übungen an, schon lange hat er genug, aber er will sich vor Sandrine keine Blöße geben.

Und die Zeiger auf der großen Uhr direkt in seiner Sichtweite kriechen nur langsam vorwärts.

Nach einer Stunde kann er aufatmen.

„Ich denke, Sie haben für den Anfang genug getan!", meint Pernille und verabschiedet sich. „Sie können Ihre Leistung bei jedem Besuch im Studio kontinuierlich steigern! Sie kommen doch wieder, oder?"

„Ja!" Hase Jean-Richard nickt, ohne nachzudenken. Der Abend war anstrengend, aber er merkt, wie sehr er in den letzten Jahren seinen Körper vernachlässigt hat. Das soll sich jetzt ändern. Sandrine beherrscht die meisten Geräte beinahe hervorragend. Aber sie geht ja schon seit einigen Jahren regelmäßig in dieses Studio.

Sie beide setzen sich auf eine Bank zum Ausruhen. Jean-Richards Gliedmaßen schmerzen. Aber das, was er getan hat, war seinem Körper sicherlich von Nutzen.

„Heute habe ich wirklich viel gelernt!", sagt er Sandrine beim Abschied.

„Es freut mich", meint sie lächelnd. „Ich bin montags und freitags hier – wenn du auch kommen willst...,"

„...dann komme ich!", beendet er den Satz. „Ich komme am nächsten Montag wieder mit hierher – zweimal pro Woche ist mir für den Anfang zu viel."

„Wie du willst!" Noch immer lächelt sie. Sie beide stehen im Schein der Straßenlampen, und Hase Jean-Richard findet Sandrine wunderschön. Eine Klasse-Wildkaninchen-Weibchen, berauschend und schön, aber sie hat irgendein Problem.

Lange sieht er ihr noch nach, bis sie endlich in der Ferne verschwindet.

56. Kapitel

Der Abend im Fitness-Studio gefiel mir außerordentlich gut", gesteht Hase Jean-Richard Charles Petit-Pomme , als sie am folgenden Tag wieder miteinander plaudern.

„Tja – welchem Mann würde es mit einer Klasse-Frau nicht gefallen?", lacht Charles. „Ist Sandrine nicht eine Schuhnummer:in zu groß für dich?"

„Wir treffen uns doch nur auf rein kameradschaftlicher Basis!", wehrt Hase Jean-Richard ab. „Sie zeigt mir, wie die Geräte funktionieren."

„Aha, wie die Gerät:innen funktionieren..." Charles' Stimme klingt irgendwie ironisch, und Hase Jean-Richard hat die Anspielung sofort begriffen:

„Glaube mir, Charles, es ist nichts zwischen mir und Sandrine. Gar nichts!"

Aber er ertappt sich bei dem Gedanken, wie sehr er sich auf den nächsten Abend im Fitness-Studio freut. Wird Sandrine immer bereit sein, sich mit ihm dort zu treffen? Werden ihre Treffen aufhören, wenn Sandrine wieder „in festen Pfoten" ist?

Er erschrickt bei dem Gedanken.

„Und – was ist mit Béatrice?", reißt ihn Charles aus seinen Gedanken.

„Oh – Béatrice!" Erstaunt zuckt er zusammen. Béatrice hat er glatt vergessen! Das jedoch will er nicht zugeben. Als Mann gibt man sich doch keine Blöße!

„Ich soll sie anrufen – oder sie ruft mich an. Ach, ich weiß nicht so recht!"

Charles Petit-Pomme zieht die Stirn in Falten

„Was – du weißt nicht so recht? Ist jetzt bei euch der Groschen gefallen oder nicht?"

Groschen? Nein, davon kann man wahrhaftig nicht sprechen. Die Treffen entwickelten sich bisher schleppend, auch wenn sie positiv waren. Aber vielleicht ist er – Hase Jean-Richard – zu ungeduldig und erwartet, dass ihm die Häsinnen gleich um den Hals fallen.

Im Moment weiß er nicht, was er denken soll.

„Ich wollte beim letzten Mal ein wenig mehr von ihr – verstehst du?" Hase Jean-Richard schaut seinem Freund eindringlich in die Augen. „Aber ich fasste nur an ihren Po – weiter kam ich nicht!"

„Weiter kamst du nicht? Mensch, Jean-Richard, wenn du eine Frau so nahe bei dir hast, dass du sie am Po fassen kannst, kannst du weiter gehen! Ehrlich!"

„Es war in der Disco, und ich wollte nicht auffallen!"

„Das ist natürlich ein Grund!" Charles seufzt. „Du musst sie beim nächsten Mal an einem intimeren Ort treffen!"

Ein intimerer Ort – gut. Hase Jean-Richard wird sich einen überlegen.

---

57. Kapitel

Nach den „Actualitès" (Nachrichten) am Abend und drei Gläsern Bier ruft Hase Jean-Richard bei Béatrice an.

„Ach, Sabine!", flötet sie mit viel zu heller Stimme ins Telefon, als sie ihn erkennt. Was ist nur in sie gefahren?, denkt er, aber er spielt das Spiel mit Sabine mit. Und so vereinbaren sie ein Treffen am Donnerstag in einer Kneipe. Um eine Zeit, zu der dort kaum Leute anzutreffen sind.

So kann man sich vielleicht auf den Barhockern näherkommen und später in seinen Stall ausweichen.

Er freut sich. Béatrice ist nett – nicht so attraktiv und verlockend wie Sandrine. Aber besser als nichts.

Hase Jean-Richard räumt wohlgemut seine Wohnung auf. Mit drei Gläsern Bier und einem vierten auf dem Bücherregal klappt dies hervorragend.

Hase Jean-Richard staubt ab, sortiert Zeitungen zu einem Stapel für den Altpapiercontainer, wäscht ab und schrubbt. Später sieht sein Stall sogar richtig nett aus, auch wenn er noch ziemlich vollgestellt ist. Aber Sperrmüll wird erst wieder im Frühjahr abgeholt.

58. Kapitel

Tief atmet Béatrice durch, als sie die Bar „Au vieux cheval" (zum alten Gaul) betritt. Sie liebt Maxim abgöttisch und sie wird dies irgendwie Hase Jean-Richard beibringen müssen. Bei dem Gedanken daran läuft es ihr kalt den Rücken hinunter.

Sie schwingt sich auf einen Barhocker und bestellt einen Karottensaft.

Hase Jean-Richard erscheint auf der Bildfläche und streckt ihr lächelnd seine Pfote entgegen:

„Na – wie geht es der angehenden Autorin? Hast du unterdessen einen Verleger gefunden?"

„Nein!" Sie lacht. Oder kann wieder darüber lachen. Eine starke Frau haut nichts um – nicht einmal Zuschussverlage! Sie erzählt Hase Jean-Richard über ihre Erfahrungen mit dem Verlag LA STATION LITERAIRE (DER LITERARISCHE BAHNHOF), der gegen einen horrenden Betrag bereit ist, jedes Buch zu veröffentlichen und es ohne Werbung in irgendwelchen Kellergemächern verstauben zu lassen.

„Warum sendest du ein Manuskript in der Weltgeschichte herum, wenn es nichts bringt?“, fragt er und nippt an seinem Bier.

„Ich weiß auch nicht. Vielleicht brauche ich Hoffnung. Hoffnung, die in mir Selbstbestätigung weckt.“ In Gedanken versunken starrt sie in ihr Glas Karottensaft – und spürt plötzlich Jean-Richards starke Rammlerpfote auf ihrer Pfote, rechts hinten. Dort ruht sie nicht, sondern wandert sanft streichelnd hinauf zu ihren Beckenknochen. Dort angekommen, wandert sie über ihre Blume in ihren Anus.

Irgendeine Erotik sollte Béatrice jetzt verspüren – hervorgerufen von der Wärme dieser Hasenpfote und den Berührungen.

Aber sie fühlt überhaupt nichts.

Seufzend packt sie die Rammlerpfote und legt sie auf Jean-Richards Stuhl. Dorthin, wo sie ihrer Meinung nach hingehört.

„He, warum denn so prüde!“, entfährt es ihm. Und seine Augen blitzen ärgerlich. In diesem Moment ist er kein „Sofakissen“, sondern ein Hase.

„Jean-Richard, es geht nicht...“, stottert sie.

„Was geht nicht?“ Er fühlt sich gekränkt und beißt sich auf die Lippen.

„Jean-Richard, wir dürfen uns nicht mehr treffen!“

„Warum nicht? Hast du auf einmal Angst, dass aus unserem Treffen mehr werden könnte? Liebe zum Beispiel?“ Die Worte sprudeln aus ihm heraus, aber sie bleibt ruhig.

„Jean-Richard – ich werde dich nie lieben können. Wir passen nicht zusammen!“

Irgendwie hat er es gefühlt, hat er es geahnt. Wie hart aber ist es, die Worte aus ihrem Maul zu hören.

„Was für ein Glück, dass wir dies rechtzeitig feststellen!“, meint er bitter. „Rechtzeitig, bevor wir intimer werden...“

Sie sagt nichts. Tränen schimmern in ihren Augen. Warum ist es so schwer, von einem Hasen Abschied zu nehmen – einem Hasen, den man gerade drei Male platonisch traf?

Vielleicht, weil er so arglos, so ehrlich, so natürlich war.

In diesem Moment beschließt sie, ihm nichts von Maxim und, dass sie trächtig ist, zu berichten. Vielleicht fühlt er sich sonst missbraucht, ausgenützt, wie eine Art „Notnagel". Ein Mann für alle Fälle, wenn der Geliebte versagt.

Sie trinkt ihren Karottensaft aus – und ihr wird schlecht. „Mir geht es nicht so gut, Jean-Richard", stammelt sie und sehnt sich in diesem Moment nach Maxim und ihrem Bett. Sie fühlt sich so schrecklich feige und weiß nicht, wie sie das Gefühl loswerden soll.

„Vielleicht überlegst du beim nächsten Mal etwas länger, bevor du auf eine Kontaktanzeige antwortest." Seine Worte klingen langsam und bedächtig. „Ich meine – hinter jeder Kontaktanzeige steckt ein Tier. Ein Tier mit Gefühlen, ein Tier, das man seelisch verletzen kann…"

„Aber bietet jede Kontaktanzeige eine Erfolgsgarantie?", bricht es aus ihr heraus. „Haben wir nicht das Recht, eine Beziehung abzubrechen, die von vornherein zum Scheitern verurteilt ist?"

„Das sagst du – und DU wolltest das Ende! Warum bist du so prüde, Béatrice, und machst sofort Schluss, wenn man dich nur ein bisschen berührt?"

Sie überlegt fieberhaft. Wahrscheinlich kann jetzt doch nur die Wahrheit helfen.

„Ich bin trächtig", flüstert sie.

„Wie bitte – trächtig?"

„Bitte nicht so laut!" Sie legt ihm erschreckt eine Pfote auf sein Maul.

„Von wem denn, wenn du so prüde bist? Vom Heiligen Geist vielleicht?" Er gackert los wie eine verrückte Legehenne.

„Von Maxim", meint sie ruhig. Sie hat sich wieder in der Gewalt.

„Maxim – wer ist Maxim?“

„Mein Freund!“

Schweigen. Ungläubig starrt er sie an, diese hübsche, schlanke Löwenkopfkaninchen-Dame, diese tolle Erscheinung, die plötzlich trächtig ist und einen Freund hat. Irgendwie ist das zu viel auf einmal.

Er schnauft.

„Seit wann hast du einen Freund? Ich dachte, du seiest Single!“

„War ich auch“, meint sie forsch. „Obwohl ich schon jahrelang mit ihm zusammenlebe. Plötzlich wurde sein Computer zu meinem schärfsten Konkurrenten – und so beschloss ich, Maxim zu hintergehen. Ich schrieb auf deine Kontaktanzeige!“

„Und jetzt bist du trächtig. Von wem wohl“, sinniert er. „Wenn nicht von Maxim, dann vielleicht vom Computer!“ Hase Jean-Richard fühlt sich schlecht, dann aber gleichzeitig herrlich frivol und bricht wieder in Lachen aus.

„Nein – von Maxim natürlich!“ Jetzt blickt sie ärgerlich. „Jean-Richard, ich glaube, wir sollten diese Unterhaltung beenden. Sofort.“

„Das ist der natürliche Weg eines Sofakissens“, seufzt er lakonisch. „Wenn man es nicht mehr braucht, wirft man es in die Ecke...“

„Bitte Jean-Richard, so war es nicht gemeint!“ Ihre Stimme zittert. „Maxim veränderte sich auf einmal sehr zum Positiven – er freut sich sehr auf unsere Babys! Bitte – lasse uns in Frieden auseinandergehen!“

„Frieden?“, seufzt er bitter und sieht ihr zu, wie sie ihre Getränke hastig bezahlt. „Wir hatten nie Krieg, Béatrice. Warum stampfst du Dinge aus dem Boden, die es gar nicht gibt?“

Sie geht nicht auf seine Frage ein, schüttelt nur unsicher seine Pfote.

„Tschüss, Jean-Richard, lebe wohl. Es war nett, dich kennen zu lernen.“

„Nett?" Wieder schwingt Ironie in seiner Stimme, und er möchte irgendwas dagegensetzen, Béatrice aus ihrer Reserve locken, sie reizen. Aber dazu kommt er nicht mehr.

Schnell schlüpft Béatrice in ihren Mantel und hoppelt zur Türe hinaus.

Traurig starrt Hase Jean-Richard in sein Bierglas. Das war also das Kapitel „Béatrice". Drei Treffen mit einem Spritzer Hoffnung am Anfang und einem Schuss Bitterkeit zum Schluss.

Und enttäuscht merkt er, dass er wieder soweit ist wie zu Anfang seiner „Sofakissen-Aktion".

59. Kapitel

Rockmusik. Das ist die Musik, die Hase Jean-Richard gerne hört. Damit will er sich am nächsten Tag von der Enttäuschung mit Béatrice ablenken.
Und so kommt es ihm gerade recht, dass er die beiden Warzenschweine Madame und Monsieur EVO aus Lyon als Touristenführer zur „Live-Erweckungs-Tour" begleiten kann. Veranstalter ist, entgegen allen Erwartungen, kein Radiosender, sondern die „Kirche des geistlichen Dachschadens".

Hase Jean-Richard kennt diese Kirche noch nicht und ist deswegen besonders gespannt auf diesen Abend. Was hat man sich darunter vorzustellen? Wie läuft solch eine Veranstaltung ab? Wird sie den EVOs und Hase Jean-Richard gefallen?

Veranstalter: Kirche des geistlichen Dachschadens, Paris
Tag der Veranstaltung: 2. Mai
Beginn: 20 Uhr
Einlass: ab 19 Uhr

Hase Jean-Richard recherchiert ein bisschen über die Kirche des geistlichen Dachschadens, kann aber im Internet und in anderen Quellen nicht viel dazu finden. Die Kirche des geistlichen Dachschadens veranstaltet jeden Sonntagmorgen ab 10 Uhr Gottesdienste, über die die Meinungen unterschiedlich ausfallen. Manche Besucher sind von dem Gegacker und Gegröle einiger Besuchertiere, die zum Geflügel zählen, dort angetan, andere regelrecht davon abgestoßen. Dazu singt man immer wieder englische Songs oder Songs in anderen Sprachen, deren französische Übersetzung mitten im Song durch eine Sprecherin oder einen Sprecher vorgetragen wird.

Die Songs werden von Mitarbeitern der Kirche des geistlichen Dachschadens selbst übersetzt.

Irgendwann entstand die Idee, mit solchen Songübersetzungen auf Tournee zu gehen. Solche Tourneen gibt es schon seit mindestens 5,7 Jahren.

Die Veranstaltung kostet keinen Eintritt. Das ist auf jeden Fall sympathisch.

„Wer wird auf dieser Veranstaltung reden?", sinniert Hase Jean-Richard laut, als er in seinem Büro in der Pariser Tourismuszentrale vor dem Computer sitzt und recherchiert. Viel Zeit hat er nicht, denn um 16 Uhr wird er das Ehepaar EVO treffen, um sie kennen zu lernen.

Auf jeden Fall wird Guinevere Forestier auftreten. Die 1983 geborene Holländerkaninchen-Dame ist eine der am meisten in Frankreich gebuchten Kaninchen-Rednerinnen. Seit 20 Jahren ist sie auch Pastorin in der Kirche des geistlichen Dachschadens.

Ihr Mann Rouvel Forestier ist ebenfalls Pastor dieser Kirche.

Über ihn gibt es positive, aber auch kritische Stimmen. Leute, die ihn mögen, finden das Gegröle und Gegacker während seiner Predigten sehr anregend.

Andere finden seine Neugierde und seine Klatsch- und Tratschsucht einfach nur nervig.

Deswegen fragt sich Hase Jean-Richard, warum das Ehepaar EVO so erpicht darauf ist, eine Veranstaltung mit solch einem zwiespältigen Charakter zu besuchen.

Die beiden Warzenschweine Madame und Monsieur EVO zahlen gut. Das ist ein Vorteil. Einen Geldsegen kann Hase Jean-Richard im Moment durchaus gebrauchen. Seine Sofakissenaktion hat ihn einiges an Zeit und Nerven gekostet. Da könnte er sich doch mit einem schicken Sofa für seinen Stall belohnen!

Und deswegen will er das Ehepaar EVO nicht enttäuschen.

Über wen sich Hase Jean-Richard freut, ist Benjamin Bettencourt. Er wird die Veranstaltung moderieren. Das kann er offenbar – so sagen es sowohl seine Befürworter als auch seine Kritiker. Sie sagen, er sei besonders für Erweckungsveranstaltungen prädestiniert und ein routinierter Redner.

60. Kapitel

Mit der Metro fahren Hase Jean-Richard und das Warzenschwein-Ehepaar EVO zur „Hall de bon séjour" (Halle des guten Aufenthalts) in Saint Dénis. Parkplätze gibt es genug vor der Halle – aber wie alle Parkplätze in Paris sind diese teuer. Fünf Euro für den ganzen Abend – da ist es doch billiger, mit der Métro gefahren zu sein, findet Jean-Richard.

Mit drei bereits vorab organisierten Gratis-Eintrittskarten kommen sie problemlos in die Halle. Dort scheint es noch viele freie Plätze zu geben – es ist ja auch erst 19.20 Uhr.

Allerdings trügt der Schein. Einige emsige Veranstaltungsbesucher haben fast ganze Bankreihen für ihre noch eventuell kommenden Verwandten, Freunde, Arbeitskollegen, Nachbarn, Internet-Freunde und alle möglichen sonstigen Tiere mit Jacken, Taschen, Beuteln und sonstigen Gegenständen reserviert.

„Das ist reichlich unfair", äußert sich Jean-Richard. „Auf den Eintrittskarten ist doch vermerkt, dass hier ‚freie Platzwahl' gilt.

Zum Glück finden sie noch drei Plätze nebeneinander.

Die Halle ist voll besetzt. Einige hundert Tiere sind gekommen. 2000 oder 3000 oder mehr? Keine Ahnung, wie viele Tiere diese Hall de bon séjour fasst.

Man sieht viele Hasen und Kaninchen, einige Hamster, etliche Warzenschweine, Hühner, Meerschweinchen und Frettchen. Auch 20 Schildkröten aus Kuba sind eingetroffen. Alle haben auf den Holzsitzen Platz genommen. Hunde und Katzen sind zu dieser Veranstaltung nicht zugelassen – das würde für zu viel Unruhe sorgen.

Schon vor der Veranstaltung läuft Musik – diverse Anbetungslieder. Beispielsweise „Gott, manche Leute haben kein Herz und kein Gehirn" (Dieu, certaines personnes n'ont ni coeur ni cerveau) oder auch „Liebe kann eine Feuerqualle sein" (L'amour peut être une méduse).

Das Warzenschwein-Ehepaar EVO unterhält sich angeregt. Hase Jean-Richard fühlt sich ausgegrenzt und versucht, sich bemerkbar zu machen: „Huhu! Haben Sie von dem Busunfall auf der Autobahn B474 gehört?"

Madame EVO schüttelt ihren Kopf: „Nein, ich habe nichts gehört!"

Und ihr Mann fügt hinzu: „Sicherlich kommen diese Nachrichten gleich auf meiner Nachrichten-App."

Geschäftig tippt er auf seinem Smartphone herum.

„Ach, jetzt habe ich's gesehen. Ich fahre im September auch in einem Doppelbus, aber nicht mit Nix-Bus. Jetzt bin ich mir nicht mehr sicher, ob ich diese Reise noch machen soll."

Hase Jean-Richard meint sofort, das Busunternehmen, dessen Bus verunglückt ist, in Schutz nehmen zu müssen.

„An dem Unfall ist nicht Nix-Bus schuld. Diese Busse sind normalerweise sehr sicher. Jedes Busunternehmen in Frankreich hat normalerweise sichere Busse. Als ich das letzte Mal Nachrichten hörte, hieß es, dass man die Ursache für den Unfall noch sucht. Man sollte jetzt nicht Nix-Bus verteufeln.

„Ja, es ist schlimm, was da passiert ist", äußert sich Madame EVO zu dem Thema. „Vier tote Tiere – ein Maulesel, ein Frettchen und zwei Schäferhunde! Manche Tiere fahren aber auch wie die Verrückten. Besonders auf Autobahnen."

„Wir haben es doch selbst gesehen, als wir im Sommer auf der Autobahn zu unseren Freunden gefahren sind. Vor uns war ein Porsche, der zu schnell auf der mittleren Spur fuhr – mal nach links, dann nach rechts lenkte. Einmal hatte er uns überholt. Seine Fahrweise war gefährlich!"

„Ebenfalls überholen manche LKWs auf der Autobahn sehr riskant." Hase Jean-Richard freut sich, dass er die EVOs in eine interessante Unterhaltung verwickeln kann. „Auch viele Autofahrer. Und viele Autofahrer blinken nicht."

„Als wir im Mai von Spanien nach Frankreich mit dem Bus gefahren sind, hat ein Autofahrer so riskant überholt, dass es fast gekracht hätte!", empört sich Monsieur EVO. „Manche nehmen keine Rücksicht."

„Niemand nimmt mehr Rücksicht," spinnt Jean-Richard das Thema weiter. „Es fängt schon bei den Radfahrern an. Was glauben Sie, wie ich als Hase manchmal um mein Leben springen muss, wenn Radfahrer unterwegs sind! In Paris halten Autofahrer grundsätzlich nicht an Zebrastreifen – und Radfahrer erst recht nicht! Da muss jeder Fußgänger um sein Leben fürchten! Dann fahren viele in eine Einbahnstraße falsch hinein."

„Das glaube ich gern!", nickt Madame EVO. „Da wir uns jetzt so gut unterhalten, sage ich Ihnen, warum wir hier auf dieser Veranstaltung sind!"

„Weil Sie gläubig sind und ein religiöses Erlebnis suchen!", antwortet Jean-Richard.

„Nicht ganz!" Monsieur EVO lächelt. „Wir haben noch eine Rechnung offen mit den Forestiers, die werden wir heute begleichen!"

„Wie bitte? Sie haben Schulden bei den Forestiers?"

„Nein!" Monsieur EVO zögert, fügt aber dann hinzu: „Es ist etwas kompliziert. Die Forestiers haben sich an meiner Frau und mir schuldig gemacht – und heute werden wir uns dafür revanchieren. Also wundern Sie sich nicht, wenn meine Frau und ich nicht immer auf unseren Plätzen sitzen bleiben, sondern auch diverse ‚Aktionen' vornehmen!"

„Aktionen? Ich verstehe nicht ganz!"

„Lassen Sie sich überraschen!" Monsieur EVO bleibt kühl. „Mehr will ich zu diesem Zeitpunkt nicht sagen!"

Hase Jean-Richard nickt. Er will höflich bleiben. Die EVOs werden ihre Gründe haben. Vielleicht eine Art persönliche Rache.

Vielleicht wird eine Pariser Zeitung später davon berichten. Private Foto- und Filmaufnahmen sind bei dieser Veranstaltung der Kirche des geistlichen Dachschadens ausdrücklich verboten. Das steht auch auf der Rückseite der Eintrittskarten drauf.

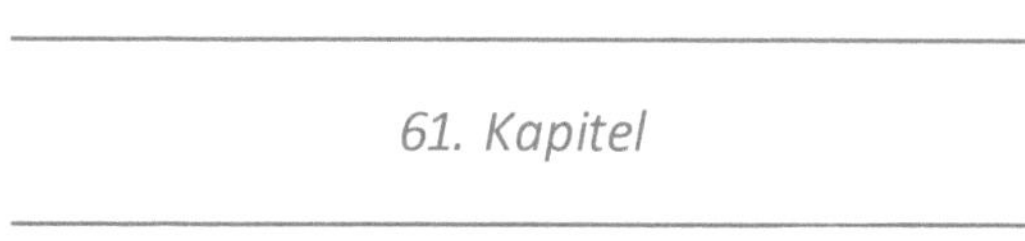

61. Kapitel

Um 20 Uhr beginnt die Veranstaltung. Der Moderator Benjamin Bettencourt begrüßt das Publikum mit einigen Episoden aus einem Tournee-

Alltag. Er erzählt beispielsweise, wie schön er die Hall de bon séjour findet.

„Eine fantastische Halle, zu der auch sehr gut die heutige Predigt unseres Pastors Rouvel Forestier zum Thema ‚Alltagssorgen' passt!" Er räuspert sich. Durchs Mikrofon hört man das.

Einige Zuschauer klatschen. Benjamin Bettencourt sieht aber auch gut aus – und Rouvel Forestier ebenso. Selbstbewusst betritt er die Bühne. Ein Holländerkaninchen-Männchen mit etwas zerzaust wirkendem schwarzen Fell. Das passt aber sehr gut zu seinem grauen Anzug. Kurz gesagt: Rouvel sieht aus wie aus dem Ei gepellt.

Er entfernt das Mikrofon vom Rednerpult und hüpft mit geübten Schritten auf der Bühne herum. Mal nach rechts, mal nach links, mal nach vorne.

„Haben wir nicht alle immer wieder Sorgen, Nöte, Probleme oder einfach große Herausforderungen in unserem Alltag? Vielleicht sind es materielle Sorgen oder Sorgen bei der Arbeit? Oder wir erleben gerade einen Konflikt in unserer Familie oder in unserem sozialen Umfeld. Es ist ein zwischenmenschlicher Konflikt, der sich erhebt wie ein mächtiger Riese!"

Theatralisch hüpft Rouvel nach oben, um danach wieder sanft auf seinen Hinterpfoten zu landen. Anschließend schlägt er Haken.

Das Publikum klatscht und johlt.

„Oder sind es deine Jungen oder deine Eltern oder dein Partner oder deine Partnerin, die dir große Sorgen bereiten?"

Er bleibt stehen und flüstert hörbar in das Mikrofon:

„Sorgen, die sich schon morgens, wenn du aufwachst, dir entgegenstellen wie ein Riese."

Hase Jean-Richard überlegt. Welche Sorgen hat er eigentlich? Vielleicht Sandrine, die nicht immer eine angenehme Kollegin ist. Aber ein größeres Problem sieht er momentan in seiner Suche nach einer Häsin. Eine Suche, die auf der Stelle zu treten scheint.

„Womöglich plagst du dich mit Gedanken herum, die dich immer wieder anklagen. Gedanken, die dir sagen: ‚Du bist ein Versager!‘ oder ‚Du bist unbedeutend‘ oder ‚Du bist doof!‘ oder ‚Du bist schuld. Du bist nicht schön. Du bist nichts wert.‘“

Während Hase Jean-Richard überlegt, welche der genannten Gedanken er schon mal hatte, beobachtet er das Ehepaar EVO. Madame und Monsieur EVO, die sich verstohlene und wissende Blicke zuwerfen.

„Vielleicht hast du eine schlechte Diagnose bekommen bei einem Arztbesuch!“, spinnt Rouvel auf der Bühne seinen Faden weiter. „Und diese Sorge klopft jetzt wie ein Riese ständig an deine Tür und will dich umhauen! Aber es gibt eine Rettung! Gott in Seinem Wort gibt uns hilfreiche Ratschläge über den Umgang mit Alltagssorgen!“

Ein Raunen geht durch das Publikum.

Da hoppelt Guinevere Forestier auf die Bühne. Schick sieht sie aus – sie ist ein Holländerkaninchen-Weibchen, die kunstvoll zwischen ihren Löffeln ein Toupet trägt. Ein Haarteil, das geschickt in ihre Hasenfrisur integriert wurde.

Guinevere Forestier sieht einfach umwerfend aus. Nicht nur die Frisur ist gigantisch, sondern auch ihr gesamtes Outfit. Sie trägt einen goldfarbenen Glitzeranzug. Ihre Hinterpfoten stecken in schwarzen Stöckelschuhen.

Viele Tiere aus dem Publikum empfangen sie mit stehenden Ovationen. Sie stehen auf und klatschen mit ihren Pfoten.

„Guten Abend, Paris!“, strahlt sie. Ihre Löffel stehen steil nach oben und ihr Toupet wackelt leicht. „Es ist schön, euch alle zu sehen!“

Viele Tiere aus dem Publikum johlen und klatschen.

„Bevor mein Mann seine Predigt weiterführt, lasst uns ein Lied singen! Der Text wird auf der Leinwand auf der Bühne eingeblendet!“

Sie dreht sich nach hinten und deutet auf eine große Leinwand, die sich geräuschlos nach unten rollt.

Dann stimmen alle in das Lied „Gott, sei du der Pilot meines Lebens" (Dieu, je veux que tu sois le pilote de ma vie) ein.

Der Text wird von dem Ehepaar Forestier und seiner Hasen-Band „Les pilotes de Dieu" (die Piloten Gottes) verständlich vorgetragen. Hase Jean-Richard wundert sich, wie gut er mitsingen kann, obwohl er das Lied vorher noch nie gehört hat.

62. Kapitel

Jesus sagte in der Bergpredigt: Warum macht ihr euch so viele Sorgen?" Rouvel Forestier steht stark und unerschütterlich auf der Bühne. „Es ist egal, wie viele Sorgen wir uns machen, unser Leben wird dadurch um keinen Augenblick länger!"

Verdutzt registriert Hase Jean-Richard, wie Madame und Monsieur EVO nach vorne schleichen. Sie stehen am Rande der Zuschauerreihen. Da die Zuschauerreihen ins Dunkle getaucht sind und nur die Bühne von Licht angestrahlt ist, merkt niemand etwas.

„Die Bibel sagt, dass wir uns nicht um morgen Sorgen machen sollen. Denn es reicht doch aus, wenn jeder Tag seine eigenen Schwierigkeiten hat!", fährt Rouvel fort.

„Ja", haucht seine Gattin ins Mikrofon. „Wir sollen alle Sorgen bei Gott abladen, denn er sorgt für uns!"

„Ich habe in den letzten Wochen viel über König David gelesen und ich habe eine Menge von ihm gelernt!" Rouvel hüpft über die Bühne. Gelenkig ist er, sein Kaninchenschwanz wippt auf und ab.

Hase Jean-Richard wird fast schon etwas neidisch, als er das sieht. Ja, auch er sollte regelmäßig in ein Fitness-Studio gehen, dann würde auch er gelenkiger werden.

„David kämpfte nicht nur gegen unzählige Alltagsprobleme, sondern einmal sogar gegen einen echten Riesen."

Rouvel blättert in seiner Bibel und liest dann die Geschichte von David und Goliath vor, die man im Alten Testament in der Bibel, im ersten Buch Samuel, in den Versen 2 bis 51, nachlesen kann.

Es geht darum, dass zwei Heere gegeneinander kämpften. Das Heer des Königs Saul, die Israeliten also. Und die Philister. Einer der Soldaten der Philister war besonders groß und stark. Es war Goliath aus der Stadt Gat. Goliath machte schon seit 40 Tagen den Israeliten große Angst.

David war ein Hirtenjunge aus dem Stamm der Israeliten, und er war der Einzige, der sich traute, Goliath gegenüberzutreten. Kampfeserfahrung hatte er durchaus schon vorzuweisen, hatte er doch als Hirtenjunge bereits Löwen und Bären besiegt. Er hatte sie erschlagen, nachdem sie Schafe geraubt hatten.

David bewies jede Menge Gottvertrauen, als er mit einem Hirtenstock, einer Steinschleuder und fünf Kieselsteinen Goliath gegenübertrat.

Rouvel ist so gepackt von seinen Erzählungen, dass er die Gefahr nicht sieht, die in Gestalt von zwei Warzenschweinen auf die Bühne springt. Eines der Warzenschweine hat ein Huhn an der Gurgel gepackt, das laut gackernd um sein Leben kämpft.

63. Kapitel

Wer sind Sie? Was tun SIe hier?", schreit Rouvel. „Du falsches Kaninchen!", schreit Monsieur EVO zurück. „Eigentlich müsstest du mich und meine Frau kennen!"

„Nein, das tue ich nicht! Was tun Sie hier?"

„Dann werde ich Ihrem Gedächtnis und dem Gedächtnis Ihrer Frau auf die Sprünge helfen!" Monsieur EVO lässt das Huhn auf den Boden fallen. Laut gackernd versucht es zu entfliehen. Aber EVO und seine Frau treten mit ihren Beinen auf das gackernde Etwas, das nun auf dem Rücken liegt und weiterhin laut protestiert.

„Dieses blöde Geschöpf hier!" Er deutet mit seinem Kopf auf das unten liegende Huhn. „Dieses blöde Geschöpf hat mich verraten!"

„Ich verstehe nicht ganz!", reagiert Rouvel entrüstet. „Was soll diese Unterbrechung hier? Lassen Sie das Huhn frei und mich meine Predigt fortsetzen!"

„Dieses blöde Huhn hat mich an Sie verraten! Um sich wichtig zu machen!", schreit Monsieur EVO. „Kapieren Sie es jetzt?"

„Nein!"

„Dann lesen Sie mal Ihre Bibel genauer, Sie Scharlatan!" Monsieur EVO fängt an zu zitieren. „Jakobus 3, die Verse 7 bis 10 sagen sinngemäß, dass ein Lebewesen die unterschiedlichsten Vögel, Reptilien und Fische zähmen kann, aber die Zunge nicht. Sie ist ein unbeherrschbares Übel, voll von tödlichem Gift. Und Sie kennen diese Bibelstelle nicht?"

„Doch, klar kenne ich sie." Rouvel will sich keine Blöße geben, die Bibelstelle fällt ihm aber gerade nicht ein.

„Und ein ebensolches Übel ist dieses Huhn! Es hat mein Betriebsgeheimnis an Sie verraten – und Sie und Ihre blöde

Frau konnten nichts Besseres tun, als hintenherum über meine Frau und mich zu lästern!" Monsieur EVO ist voll in seinem Element. „Meine Firma ist insolvent gegangen, aber Sie konnten aus unserer Idee Profit schlagen!"

„Nein, nein, so war es nicht! Wir haben uns doch nur über Ihre Idee unterhalten!" Rouvel versucht zu schlichten, aber das will ihm nicht gelingen.

„Sie haben unsere Angelegenheiten weitergetratscht, ohne uns die Möglichkeit zu geben, die Situation aus unserer Sicht zu schildern! So haben andere Tiere, deren Hilfe wir brauchten, ein letztendliches Urteil über uns gefällt. Und das darf nicht so sein!" Monsieur EVO ist in seinem Element, er fuchtelt mit seinen Pfoten. „Mit demselben Maul, mit dem Sie Gott loben und ihn anbeten, reden Sie schlecht über andere Tiere hinter deren Rücken und fällen Urteile über Lebewesen, die Gott geschaffen hat!"

„Was für ein übler Prediger sind Sie überhaupt!", spinnt Madame EVO, die bisher wenig gesagt hat, den Faden weiter. „Sie reisen als Prediger herum, dabei wissen Sie gar nichts! Sie belügen andere Lebewesen!"

„Nein, so ist es nicht!", fleht Rouvel. „Meine Frau und ich sind aufrichtige Christen!"

„Das bezweifle ich. Sie tun so, als wären Sie Christen, sind es aber nicht. Sprüche 20, Vers 19 sagt, dass, wer klatscht, Geheimnisse ausplaudert. Deswegen soll man sich nicht mit Leuten und Tieren treffen, die zu viel reden!"

Diese unerwartete Unterbrechung von Rouvels Predigt bleibt vom Publikum nicht unbemerkt. Gespannt und entsetzt beobachten sie, was auf der Bühne vor sich geht. Die Ordner müssen sie daran hindern, die Bühne zu stürmen.

Einige Frettchen und Schildkröten rufen:

„Pfui, was sind Sie für ein Lump! Und Ihnen haben wir vertraut und sollen wir vertrauen? Wer tratscht und klatscht und Geheimnisse verrät, hat das Vertrauen anderer Lebewesen verloren!"

„Ruhe bitte!", versucht Monsieur EVO, das Publikum zu beschwichtigen. „Sie sind wegen einer geistlichen Veranstaltung in diese Halle heute Abend gekommen. Und eine geistliche Veranstaltung sollen Sie auch bekommen! Die Kirche des geistlichen Dachschadens steht zu ihrem Wort!"

Der letzte Satz klingt schon beinahe spöttisch.

„Wir haben mit der Geschichte von David und Goliath angefangen. Lasst uns diese Geschichte zu Ende erzählen!" Madame EVO hat das Rednerpult betreten und sucht nach der richtigen Bibelstelle.

Plötzlich nimmt Monsieur EVO seine Pfoten von dem Huhn. Laut gackernd flitzt es über die Bühne, kann aber nicht fliegen, da durch den vorhergehenden starken Druck auf seine Beine eines davon gebrochen ist.

„Als Goliath sich in Bewegung setzte und auf David losstürzen wollte, lief auch David ihm entgegen. Im Laufen nahm er einen Stein aus seiner Tasche, legte ihn in die Steinschleuder und schleuderte ihn mit aller Wucht gegen den Feind", zitiert Madame EVO.

Monsieur EVO nimmt die Steinschleuder, steckt einen Stein hinein und zielt ihn auf das herumlaufende Huhn. Schon der erste Schuss trifft das Huhn am Kopf, das lautlos zu Boden fällt.

Schnell rennt Monsieur EVO zu dem liegenden Tier, tritt mit seinen Pfoten darauf und schlitzt ihm mit seinen scharfen Hauern blitzschnell die Kehle auf. Blut spritzt auf die Bühne, im Publikum werden Entsetzensschreie hörbar. Vollkommen unbekümmert sucht Monsieur EVO den abgefeuerten Stein, reinigt ihn an seinem Fell und legt ihn neben die Steinschleuder zu Boden.

„Was haben Sie gemacht?" Rouvel ist entsetzt. „Sie haben das Huhn getötet!"

„Na und?", erwidert Monsieur EVO. „Das Huhn hat uns verraten. Ich habe es dafür bestraft!"

„Aber mussten Sie es gleich umbringen?", schaltet sich Guinevere Forestier empört ein.

„Warum nicht?" Monsieur EVO ist ungerührt. „Das Huhn hat sich nie bei uns entschuldigt. Und offensichtlich war es zu blöd, um einzusehen, dass es einen Fehler gemacht hat. Und nun ist es zu spät dafür!"

„Die Geschichte von David und Goliath geht weiter!", ruft Madame EVO.

„Nein, die Geschichte von David und Goliath ist zu Ende!", beharrt Rouvel Forestier.

„Nicht unsere Version! Sie geht weiter", korrigiert ihn Monsieur EVO. „Wir wollten Ihnen noch den Stein der Erinnerung nahebringen!" Spricht es und packt das Holländer-Kaninchen-Männchen am Kragen und hält es in die Höhe. Dann zieht er ihm genüsslich mit seinen Hauern die Hosen herunter, so dass seine Blume sichtbar ist.

Diesmal nimmt Madame EVO die Steinschleuder und zielt einen Stein genau auf das Hinterteil des Kaninchen-Männchens. Sie trifft und der Stein verschwindet durch den Anus in den After.

„Aua!", schreit Rouvel Forestier. Das Letzte, was er sieht, ist Monsieur EVO, der ihn in der Luft hält. Rouvel zappelt, als ihm Madame EVO einen Stock in den After rammt und den Stein im Darm schnell nach oben schiebt.

Genüsslich dreht Monsieur EVO dem Kaninchen den Hals herum.

„So geht man mit Verrätern um!", grunzt er zufrieden und schleudert das tote Kaninchen auf die Bühne.

„Mein Mann ist tot! Was haben Sie mit ihm gemacht?" Guinevere Forestier fängt an zu schluchzen.

„Ich habe ihm den Stein der Erinnerung gezeigt!", antwortet Monsieur EVO. „Und Ihnen habe ich noch gar keinen Stein gezeigt."

„Das brauchen Sie auch nicht!" Zitternd wie Espenlaub steht die Holländer-Kaninchen-Dame vor dem Warzenschwein. Ihr Toupet ist etwas verrutscht, die Löffel sind schlapp und der goldfarbene Glitzeranzug ist zerknittert.

„Ich habe aber noch einen Stein da!" Bedrohlich klingt
die Stimme des Warzenschweins. „Es wird Zeit, ihn zu zeigen. Möchte das Publikum ihn auch sehen?"

Lächelnd dreht er sich zu den Zuschauern um. Ein lautes
Stimmengewirr empfängt ihn als Antwort.

„Ich kann Sie nicht verstehen!" Monsieur EVO zuckt mit
den Schultern und dreht sich zu der immer noch zitternden
Kaninchen-Dame um.

„Warum sollte ich Ihnen den Stein der Vollmacht nicht
zeigen?"

Guinevere sieht ihn entgeistert an. Zu spät merkt sie,
dass sie ein Stein am Kopf trifft und sie zu Boden fällt.

Sie sieht nur noch ein Warzenschwein, das ihr mit seinen
Hauern zuerst den Glitzeranzug und anschließend ihren
Körper vom Bauch bis hin zur Kehle aufschlitzt.

64. Kapitel

An die kommenden Stunden erinnert sich Hase
Jean-Richard nur noch bruchstückhaft, denn es
herrschte absolutes Chaos nach dem Blutbad, das
die EVOs auf der Bühne angerichtet hatte.

Das Wildschweinpaar war wie vom Erdboden verschluckt. Die anwesenden Tiere schrien, blökten, gacker-
ten. Waren sie verstört oder schadenfroh über Guineveres
und Rouvels Tod? Vielleicht beides, konstatierte Jean-Richard.

Die toten Kaninchen und das Huhn wurden von Schäfer-
hunden, die bei der Polizei in Paris arbeiteten, auf der Bühne verzehrt. Schnell waren die Hunde da, bissen in die Häl-
se der toten Tiere, so dass deren Knochen krachten. Genüsslich schmatzend wurden die Leichen verzehrt und ihre

abgenagten Knochen in einer Blutlache liegen gelassen. Eine Putzkolonne würde später die Bühne sauber machen.

So sparte man sich Kosten für eine Beerdigung.

Hase Jean-Richard verließ den Saal so schnell wie möglich, hoppelte davon und versuchte, die Métro in Richtung Pigalle zu erreichen.

Später las er folgenden Nachruf in einer Tageszeitung:

„Rouvel Forestier war ein Kaninchen, das hauptberuflich die ‚Kirche des geistlichen Dachschadens' und einen Hauskreis leitete. Ein Hauskreis ist eine informelle Versammlung von Individuen – also Menschen oder Tieren -, die regelmäßig zusammenkommen, um über spirituelle Themen und den Glauben zu sprechen und sich gegenseitig zu ermutigen.

Als Leiter des Hausbibelkreises war es Rouvel Forestiers Aufgabe, die Treffen zu organisieren und zu moderieren, indem er ein Thema oder eine Passage aus der Bibel auswählte und dann eine Diskussion anregte. Aber dazu war er nicht fähig. Er sollte den Teilnehmern helfen, ihre Meinungen und Gedanken zu teilen und sich gegenseitig zu ermutigen. Aber da er gerne über abwesende Personen und Tiere klatschte und tratschte, war er zu dumm dazu.

Rouvel Forestier war auch bekannt, dass er keine starke ethische Haltung hatte und sich nicht für seine Kunden und Kirchenbesucher einsetzte. Vor lauter Neugierde und Geltungssucht schaffte er das nicht. Er war kein engagierter und verantwortungsbewusster Pastor und Hauskreisleiter und nie bemüht, die bestmöglichen Ergebnisse für seine Kunden und Kirchenbesucher zu erzielen.

Rouvel Forestiers Arroganz, die Nichtbeachtung neuer und langjähriger Bewohner der Stadt Paris machen ihn zu keinem Vorbild im Glauben. Sein Verhalten ist kein Beispiel für eine aufrichtige und integre Persönlichkeit. Durch seine Neugierde und Diebstahl von Informationen zeigte er, dass er unfähig ist, eine Kirche und einen Hausbibelkreis zu leiten und ein spirituelles und ein professionelles Leben erfolgreich zu führen.

Deswegen lasst uns froh sein, dass er und seine Frau über die Regenbogenbrücke gegangen sind! Ob sie bei Gott oder Jesus Christus oder bei beiden sind, bleibt allerdings zu bezweifeln.“

Das klingt erschütternd, findet Hase Jean-Richard. Aber andererseits ist er vom vergangenen Tag so betroffen und schockiert, dass er nie wieder eine Kirche besuchen wird.

„So vorschnell würde ich keine Entscheidungen fällen“, urteilt Charles Petit-Pomme, dem Jean-Richard sein Herz ausschüttet. „Du bist etwas durcheinander, weil dir Béatrice den Laufpass gegeben hat. Dann diese verrückten und traumatisierenden Ereignisse in der ‚Kirche des geistlichen Dachschadens‘! Aber nicht alle Kirchen sind so!“

„Du bist doch nicht etwa gläubig?“, fragt Jean-Richard.

„Nein, das bin ich nicht. Aber ich habe schon einige gute Ideen und Gedanken in Kirchen gehört und mir durch den Kopf gehen lassen!“, erklärt Charles. „In der ‚Kirche des geistlichen Dachschadens‘ kommt noch hinzu, dass dort Verbrechen unter den Teppich gekehrt – also totgeschwiegen werden. Informationen über andere Tiere und Menschen werden missbraucht – und dieser Verrat für gut und richtig geheißen und für eigene Zwecke ausgeschlachtet, um sich bei anderen wichtig zu machen. Solche Tätigkeiten sollten bestraft werden. Aber leider ist das oft nicht der Fall!“

„Du sprichst mir aus der Seele!“ Jean-Richard ist angenehm überrascht. „Manchmal hast du wirklich gute Gedanken!“

„Manchmal?“ Charles Petit-Pomme lacht und stößt mit der Kaffeetasse von Jean-Richard an. „Immer habe ich gute Gedanken. Merke dir das. Immer. Und auch für deine Partnersuche wird sicher noch eine Lösung kommen. Da bin ich sicher. Vielleicht von einer Seite, an die du selbst nicht gedacht hast! Mein Motto lautet: Nur den Mut nicht sinken lassen!"

Und auf einmal merken die beiden Hasen, dass Charles kein einziges Mal gegendert hat.

65. Kapitel

Hase Jean-Richards gute Laune und sein Selbstbewusstsein sind immer noch zutiefst verletzt, zutiefst getroffen, als er daran denkt, wie ihm Béatrice den Laufpass gegeben hat.

Die Veranstaltung in der „Kirche des geistlichen Dachschadens" machte alles nur noch schlimmer. In Hase Jean-Richard herrscht Weltuntergangsstimmung.

Aber der starke Hase gibt sich keine Blöße, der starke Hase klagt nicht, sondern macht einfach weiter. Das Gespräch mit Charles war schon ein Anfang zur Problemlösung.

Der starke Hase strebt durch das Leben, auch wenn er sich nicht stark fühlt.

Hase Jean-Richard fühlt sich nicht stark, an diesem Freitagmorgen erst recht nicht. Wieder macht er Selbstbefriedigung, reibt seinen Penis und fängt die weiße Masse in einem Kopfsalatblatt auf. Und heute beschließt er, seinen Penis nicht mehr „Macker" zu nennen, sondern einfach „Penis". Auch wenn es ihm, Jean-Richard, nicht gut geht, so soll wenigstens seine Männlichkeit nicht darunter leiden.

Nach dem Genuss einiger Tassen „Wilde Bohne" fühlt sich Hase Jean-Richard fit genug für den heutigen Arbeitstag und entscheidet sich für legere Karohosen und einen edlen Leinenpullover im schlank machenden Patentmuster. Diese Kleidung ist zeitlos und wirkt bei jedem Anlass.

Der Arbeitstag jedoch soll ganz anders verlaufen, als sich Hase Jean-Richard das in der U-Bahn erträumt hat.

„Mademoiselle Vaillant hat die Angebote vertauscht!" Sein Chef baut sich drohend vor Hase Jean-Richard auf. „Und Sie, Monsieur du Petit Déjeuner, haben nichts gemerkt!"

„Was – Angebote vertauscht?" Hase Jean-Richard traut seinen Löffeln nicht. „Das kann nicht sein!"

„Doch!" Der Chef wedelt mit einem Blätterberg wild vor Jean-Richards Augen hin und her. „Mademoiselle Vaillant hat das Angebot für japanische Geschäftshasen ausgerechnet nach Großbritannien geschickt. Und das Angebot für britische Freizeithamster nach Japan!

Die japanischen Geschäftshasen freuen sich über die billigeren Preise und wollen sich nur zu diesen Preisen Paris zeigen lassen und anschließend das Disneyland aufsuchen! Und die britischen Freizeithamster sind natürlich erbost und drohen, bei diesen hohen Preisen Paris gar nicht zu besuchen, sondern Lyon oder Avignon. Ein Skandal ist das!"

Sandrine sitzt auf ihrem Platz und heult, und Hase Jean-Richard starrt ungläubig von einem zum anderen. Plötzlich entreißt er dem Chef die Angebote und nimmt sie genauer in Augenschein.

„Warum beschuldigen Sie Mademoiselle Vaillant, ohne auf das Datum der Angebote zu schauen?", meint er forsch und blickt seinem Chef direkt in die Augen. „Mademoiselle Vaillant wäre dieser Fehler nicht passiert. Und an diesem Tag, an dem diese Angebote gefaxt und geschickt wurden, weilte Mademoiselle Vaillant im Urlaub auf Martinique. Nicolette hat den Fehler gemacht. Aber das ist ja kein Wunder – bei ihrer Lustlosigkeit..."

Jetzt starrt der Chef ungläubig und wird auf einmal rot. „Da habe ich mich wohl geirrt", meint er kleinlaut, denn es fällt ihm schwer, einen Fehler zuzugeben. Er trottet wie ein geprügelter Hund zu Sandrine und entschuldigt sich leise. Seine Entschuldigung klingt linkisch, denn er ist solche Aktionen nicht gewohnt. Als Chef macht er normalerweise keine Fehler.

Schnell entschwindet er in die andere Richtung des Raumes – zu Nicolette. Man hört ihr schrilles Gekreische, nein, sie lässt sich von diesen Vorwürfen nicht aus dem Konzept bringen.

„Wenn meine Arbeit nicht passt, dann werde ich Mademoiselle Vaillant beim nächsten Mal nicht mehr vertreten", keift sie und weiß, dass sie damit am längeren Hebel sitzt.

Der Chef sagt nichts mehr – er ist ja so froh, wenn überhaupt irgendjemand jemanden vertritt. Und so flüchtet er in sein Büro und versteckt sich hinter zahlreichen Aktenstapeln.

Hase Jean-Richard schleicht kopfschüttelnd zu Sandrine, die an ihrem Platz hockt, den Kopf in ihren Pfoten vergraben.

„Du bist nicht schuld, Sandrine. Bitte höre auf zu weinen!"

Er legt seine Pfote auf ihre Schulter, und sie lässt es geschehen. Weinende Damen verunsichern ihn, egal, um welche Tiere es sich handelt. Er weiß nicht, wie er darauf reagieren soll. Aber Sandrine scheint seine Worte, seine pure Anwesenheit zu mögen.

Sie hebt den Kopf und angelt nach einem Papiertaschentuch aus ihrer Handtasche. Laut schnäuzt sie ihre Nase, haucht ein zittriges „Danke!" in die Richtung, in der sie Hase Jean-Richard vermutet. Dann hoppelt sie in die Toilette für weibliche Tiere.

Hase Jean-Richard trottet wieder zurück an seinen Platz. Er hasst aus der Luft gegriffene Anschuldigungen. Sein Chef hat eine Vorliebe für derartige Ausfälle und ist deshalb schon in etliche Fettnäpfchen getreten, was ihn allerdings in keiner Weise eines Besseren zu belehren scheint.

Hase Jean-Richard arbeitet und beobachtet, wie nach einer Viertelstunde Sandrine wieder zu ihrem Bürohocker schleicht. Die Tränen sind getrocknet, nur noch einige hektische rote Flecken im Fell verraten den soeben durchlebten Gefühlsausbruch. Aber auch diese verschwinden im Laufe des Tages.

Sandrine arbeitet weiter, so, als wäre nichts gewesen. Sie fragt Hase Jean-Richard um Rat, wo sie ihn um Rat fragen muss. Ansonsten ackert sie ohne jede Gefühlsregung vor sich hin.

Der Chef führt zahlreiche Telefonate mit Japan und Großbritannien und versucht, Nicolettes Fehler wieder auszubügeln. Er schwitzt und wirkt leicht verunsichert, wenn er an Sandrine vorbeirauscht. Diese jedoch würdigt ihn keines Blickes.

Hase Jean-Richard ist sehr erleichtert, als er abends das Büro verlassen darf.

66. Kapitel

Ruhelos wie ein Tiger pirscht Sandrine in ihrem Stall auf und ab. Die Aufregung des heutigen Tages sitzt ihr immer noch in den Knochen. Warum muss sie sich eine solche Anschuldigung bieten lassen? Sie, die ansonsten ihre Arbeit vorbildlich erledigt?

Wem sie ganz großes Unrecht angetan hat, das ist Hase Jean-Richard. Er war der Einzige, der sich heute vorbildlich ihr gegenüber verhalten hat.

Wie ein gehetztes Tier blickt sie in ihrem Stall umher. Die Ordentlichkeit ödet sie an, sie muss raus. Aber alleine will sie in keine Kneipe gehen. Aufs Fitness-Studio hat sie heute keine Lust – ihr fehlt die Ausgeglichenheit dafür.

Selbst die Monatszeitschrift ihres Lieblingsvereins, der Salatisten, der extremsten veganen Gruppierung in Paris, interessiert sie nicht. Hektisch legt sie das Heft auf ihren Wohnzimmertisch.

Nein, heute Abend will sie sich mit einem Hasen unterhalten.

Und plötzlich kommt ihr eine Idee. Die Telefonnummer von Jean-Richard findet sie im Telefonbuch. Schnell gleiten ihre Finger über die Tasten des Telefons.

„Hoffentlich ist er zu Hause!", denkt sie und hält herzklopfend den Hörer an ihren rechten Löffel.

„Du Petit Déjeuner?", meldet er sich, und ihr Herz setzt für einen Schlag aus.

Sie hat sich ihre Worte zurechtgelegt. Ihre Stimme klingt belegt:

„Ich hatte mich auf Ihre Kontaktanzeige gemeldet, war aber kurzfristig verhindert. Dafür möchte ich mich entschuldigen. Hätten Sie nicht Lust, mich heute Abend im Restaurant ‚Les Carottes sont formidables' (Die Karotten sind ausgezeichnet) zu treffen?"

Hase Jean-Richard ist verdattert. Klingt das nicht nach Sandrines Stimme? Und – woher besitzt jemand, der sich auf seine Kontaktanzeige meldet, seine Telefonnummer, wenn er diese doch in der Anzeige nicht angegeben hat?

„Ja – gerne", antwortet er zögernd. „Wäre 20 Uhr in Ordnung?"

„Okay", meint Sandrine.

„Noch eines", fügt er hinzu. „Wer sind Sie?"

„Stéphanie!" Die Antwort kommt, wie aus der Pistole geschossen.

Und er versteht.

67. Kapitel

Hase Jean-Richard sieht sie sofort, als er das Restaurant betritt. Sie sitzt an einem Tisch in der Ecke und studiert die Speisekarte.

Plötzlich blickt sie auf und lotst ihn mit einer Pfotenbewegung an ihren Tisch.

„Du bist Stéphanie, nicht wahr?", fragt er schon beinahe erleichtert.

„Ja, die bin ich!" Sie lächelt. „Entschuldige bitte, dass ich mich damals nicht zu erkennen gab."

„Das ist vergeben und vergessen. Aber, Sandrine, warum hast du auf eine Kontaktanzeige geantwortet? Ich dachte immer, eine Frau wie du besitzt zehn Verehrer an jedem einzelnen Finger!"

Verlegen beißt sie sich auf die Lippen.

„Verehrer – ja. Verehrer hat eine Kaninchen-Dame wie ich tatsächlich viele. Aber bisher fühlte ich mich immer nur als Trophäe – weißt du, was ich meine?"

„Du erstaunst mich, Sandrine. Ja, wirklich! Warum sprichst du von dir als einer ‚Trophäe'?"

Sie klingt bitter: „Wenn man so aussieht wie ich, ist es für die männlichen Hasen und Kaninchen nur wichtig, eine Nacht mit mir zu verbringen. Um nachher prahlen zu können, welchen ‚Paradiesvogel' sie wieder in ihre Schlafkiste gelockt haben. Auf die inneren Werte sieht man dabei nicht." Tränen schießen in ihre Augen.

Er weiß nicht so recht, was er antworten soll, und vergräbt sich erst einmal in der Speisekarte.

„Chinesisches Lo-Han-Gemüse" hört sich gut an, und er bestellt das Gericht bei einem beflissenen chinesischen Kellnerhasen, dessen Alter man nur schwer schätzen kann.

Gedankenverloren nippt Jean-Richard an seinem Glas mit sprudelndem Mineralwasser und blickt ihr fest in die Augen:

„Sandrine, ich finde es großartig, dich heute zu treffen. Aber ich bin schockiert über deine Ansichten über männliche Hasen und Kaninchen. Hast du wirklich schon so viele schlechte Erfahrungen mit Hasen und Kaninchen-Männern gemacht?" Seine linke Pfote spielt mit der roten Kerze, die auf dem Tisch steht. „Es hört sich beinahe so an, als seien Männchen meistens lüsterne Monster."

Unwillkürlich muss sie lachen: „Lüsterne Monster! Das klingt gut!"

Sie wird ernster. „Aber Jean-Richard, die meisten Männchen sind wirklich so. Sie denken nur an ihr Vergnügen und springen beinahe jeden Abend in einen anderen Bau!"

Er ist schockiert über Sandrines Ansichten und erleichtert, als das Essen serviert wird und seinen Kommentar hinauszögert. Am liebsten würde er sagen: „Sandrine – vielleicht sind andere Männchen so. Aber ich bin nicht so!" Jedoch getraut er sich nicht.

„Du wirst bisher leider die falschen Männchen erwischt haben", meint er beschwichtigend, und sie nickt.

Schweigend schieben sie ihr Essen in sich hinein.

Schließlich fragt Sandrine:

„Warum hast du diese Kontaktanzeige aufgegeben? Und vor allem – warum hast du diesen Text gewählt?"

Er grinst:

„Ich wollte eine neue Beziehung. Ganz einfach."

„Aber warum dieser Text?", bohrt sie weiter.

„Ich wollte die Weibchen auf meinen Bierbauch vorbereiten. Und außerdem – ich bin Verkäufer. Das solltest du doch am besten wissen!"

Sie lacht – befreit:

„Klar weiß ich das! Jean-Richard, du bist herrlich erfrischend!"

Er fühlt sich geschmeichelt. Eigentlich könnte dieser Abend ewig so weitergehen. So gut und ungezwungen hat er sich noch nie mit Sandrine unterhalten. Und diesmal nimmt sie ihn ernst und stichelt mit keiner Silbe an ihm herum.

„Danke – übrigens. Für heute", flüstert sie.

„Für heute?" Er hat den Arbeitstag und seine Aufregungen schon wieder vergessen.

„Du weißt doch!" Sie berührt seine Pfote, was er erstaunt registriert. „Dafür, dass du mich verteidigt hast!"

„Das musste ich doch tun!", platzt er heraus. „Ich habe die Wahrheit gesagt! Sandrine, du leistest vorbildliche Arbeit. Das merkte ich besonders, als du im Urlaub warst. Die Zusammenarbeit mit Nicolette war ein Drama."

„Danke für das Kompliment. Ich kann das brauchen – wirklich! Gerade heute." Sie streicht sich über das dunkle Fell am Kopf. „Mein Selbstvertrauen wurde gewaltig erschüttert, als der Chef heute diesen falschen Verdacht aussprach..."

Sie sieht verzweifelt aus, und Hase Jean-Richard beruhigt sie schnell:

„Dazu hast du keinen Grund, wirklich! Und ich hoffe, auch unser Verhältnis wird sich bessern – in zwischenhasenfreundlicher Hinsicht!"

„Ich habe dir Unrecht getan, ich weiß. Deine Figur bot eine Angriffsfläche..."

„Trinken wir doch auf eine gute Zusammenarbeit!", schlägt er spontan vor und bestellt auf ihr begeistertes Kopfnicken hin Karottenwein für sie beide.

Sie trinken nicht nur auf eine gute Zusammenarbeit – sie haben sich auch fest vorgenommen, diesen Vorsatz zu verwirklichen. Ein Bann scheint gebrochen, sie finden sich sympathisch. Und sie plaudern, graben in Privaterlebnissen und Bürogeschichten.

Wen wundert es, dass Hase Jean-Richard Sandrine nach Hause begleitet? Zumal es draußen anfängt zu regnen und sie ihren Schirm vergessen hat. Lachend fahren sie in der U-Bahn und landen schließlich vor dem Hochhaus, in dem Sandrine wohnt.

„Ich gehe jetzt lieber", meint Hase Jean-Richard höflich. „Dir also noch ein schönes Wochenende!" Er schüttelt ihre rechte Pfote. „Der Abend gefiel mir gut!"

„Mir auch", antwortet sie ehrlich. „Aber warum willst du schon gehen? Morgen ist Samstag! Du hast mich trocken nach Hause begleitet und zum Dank sollte ich dir meinen Stall zeigen. Hast du Lust?" Sie lächelt, und Hase Jean-Richard würde Millionen geben, um diese lächelnden Kaninchenlippen zu küssen.

„Gerne!", antwortet er, klappt seinen Schirm zusammen und folgt Sandrine in die Halle und in den Lift. Wie einfach auf einmal alles ist – Sandrine, dieser Abend und die Demonstration ihrer Privatgemächer.

Sie scheint ihm auf einmal so nahe wie nie – zum Greifen nahe. Und er freut sich auf das Abenteuer.

68. Kapitel

Sie hoppeln in Sandrines Stall. Staunend sieht sich Hase Jean-Richard um, als Sandrine die Stalltüre lautlos schließt.

Der Stall ist ordentlich – kein Stäubchen oder hingeworfene Karottenschalen trüben den Blick, jeder Gegenstand scheint auf einem eigens dafür reservierten Platz zu liegen.

Sandrine ist noch immer ein wenig beschwipst. Sie gähnt dezent und lässt sich auf das geschmackvoll gemusterte IKEA-Sofa fallen.

„Komm, setz dich zu mir!", bietet sie ihm einen Platz an.

„Nein, ich werde jetzt gehen. Sandrine, du bist müde und gehörst ins Bett!" Hase Jean-Richard hätte nie geglaubt, einmal im Leben Sandrines heilige vier Wände von innen zu sehen.

Heute ist es soweit, aber er will sich nicht rücksichtslos zeigen.

„Nein, bitte – setz dich zu mir!", wiederholt sie bestimmt. Ihr Kopf ist nach hinten gefallen, ihre Augen sind geschlossen. Sie sieht aus wie ein meditierender Engelhase.

Hase Jean-Richard hoppelt neben sie und setzt sich, zuerst noch in gewissem Abstand. Sie riechen beide nach Rauch, der noch in ihrem Fell hängt.

Plötzlich tastet sie nach seiner linken Pfote, spielt mit seinen Krallen – einem nach dem anderen.

„Oh, Jean-Richard!", bricht es aus ihr hervor. „Warum suche ich immer nach Ideal-Nagern wie Silvester Stall-Ohne oder Richard Gemüse und kann mich nicht in normale Hasen verlieben wie dich?"

Er zuckt leicht zusammen.

„Normal – ich? Ich bin dick, beinahe schon ein Sofakissen."

„Ein sehr nettes Sofakissen", murmelt sie und rückt näher. Er spürt Reste des Duftes ihres Hasenshampoos in seiner Nase. Sanft streicht er über ihr braunes Fell.

„Mach weiter, bitte!", murmelt sie. Sie nimmt seine rechte Pfote und führt sie an ihren Hals. Seine Pfote streichelt durch schönes, weibliches Fell. Er ist erstaunt, tut aber, wie ihm geheißen. Er fährt fort, weil sie es will.

Und schließlich liegen sie zusammen auf dem Sofa und genießen einen Orgasmus in höchster Vollendung. Sie haben sich unwillkürlich beide in das Abenteuer eingelassen, ihre Körper gegenseitig zu entdecken. Abgefallen sind die Schranken der Distanz, die sie beide als Kollegen trennte. Hier liegen Hase und Kaninchen-Frau zusammen, die so zärtlich miteinander umgehen wie zwei Liebende.

„Er ist überhaupt nicht schwer", denkt Sandrine über Jean-Richard, der auf ihr liegt.

Sie dachte immer, korpulente Hasen würden zierlichere Häsinnen oder Kaninchen-Damen beim Geschlechtsverkehr beinahe erdrücken. Aber alles scheint zu stimmen: ihr Zusammensein, ihr hitziges Fell, diese Liebesnacht.

Hase Jean-Richard stößt sanft in sie, rammelt rhythmisch, treibt seine Männlichkeit in ihr auf und nieder, auf und nieder.

Sandrine wird unwillkürlich von den Bewegungen mitgerissen – sekundenlang, minutenlang, Schweißperlen bilden sich auf ihren Körpern und rinnen ihr Fell hinunter wie Regentropfen.

Danach sind sie erschöpft, liegen nebeneinander und lächeln sich an.

„Das hat mir gut gefallen!", strahlt Sandrine, und ihre Augen leuchten. Dann küsst sie ihn, heiß und innig.

Und plötzlich hat er das Gefühl, dass seine Suche nach einer Partnerin, der richtigen Frau fürs Leben, endlich ein Ende gefunden hat.

69. Kapitel

Verschlafen reibt sich Hase Jean-Richard die Augen und denkt zunächst, er träume. Nein, dies ist nicht sein Stall, dies ist nicht sein Sofa, auf dem er liegt. Wobei er keine Möbel aus schwedischen oder amerikanischen Möbelhäusern besitzt, aber dies sei nur am Rande erwähnt.

Tageslicht flutet in wohnliche Ecke des Stalls, in dem er liegt. Als er Sandrine erblickt, erinnert er sich an den gestrigen Abend im Restaurant „Les carottes sont formidables" und ihre großartige Zeit danach.

Sandrine rauscht an ihm vorbei in die Küchenecke ihres Stalls, haucht ein sanftes „Guten Morgen, gut geschlafen?“ und hantiert am Kühlschrank und der Kaffeemaschine herum.

Hase Jean-Richard vernimmt das Blubbern von heißem Wasser, das in eine Glaskanne rinnt und sich mit Kaffeepulver vermischt.

Er hört Geschirrklappern, und wenig später erscheint Sandrine mit Frühstücksbrettern und großen Tassen.

„Ich träume nicht!“, meint er schließlich zufrieden, befreit sich von Gras und Stroh, schlägt die Wolldecke zurück und hoppelt herum. Sein Fell ist noch etwas verstrubbelt und unordentlich abstehend. Er angelt nach einer Fellbürste, die auf einem Stuhl neben ihm liegt.

Sandrine lächelt. Wirr hängt ihr das ungebürstete Fell am Kopf in die Stirne, aber das macht sie noch attraktiver, findet Hase Jean-Richard spontan.

„Nein, wieso solltest du träumen?“ Sie stellt eine Tasse und ein Frühstücksbrett vor ihn hin.

„Weil ich einen Engel vor mir sehe!“, antwortet er, und sie lacht laut.

„Ich bin allerdings ein absolut irdischer Engel – mit vielen tierischen Fehlern und Schwächen!“

Jetzt lacht er.

„Fehler und Schwächen – wer hat sie nicht?“

„Ich hoffe, du hast gut geschlafen!“, wechselt sie das Thema. „Mein Sofa ist leider nicht so bequem wie ein Himmelbett!“

„Ich habe prächtig geschlafen!“, beteuert er. Und dann erfasst ihn die Angst. Die Angst, alles könne nur ein kurzes Abenteuer gewesen sein und Sandrine werde ihn nach dem Frühstück an die Luft setzen.

„Es freut mich!“, sagt sie. „Ich habe Kohlrabi-, Karotten- und Kohlcroissants im Backofen – du magst doch Croissants?“

Er nickt, und sie hoppelt in die Küche, holt Butter und Gurkenmarmelade und Besteck. Zum Schluss erscheint sie mit einer Platte voller Fenchel, Sellerie, Chicoree, Birnen und Weintrauben.

Alles sieht nicht nur lecker aus, sondern schmeckt auch lecker, gekrönt mit einer guten Tasse Kaffee. Sie fressen schweigend und stärken sich für den heutigen Tag.

Sandrine fühlt sich anders als sonst.

„Es war klasse – gestern", bricht es aus ihr hervor.

Erstaunt blickt er auf, in der Pfote ein angebissenes Karottencroissant mit Schnittlauch.

„Ich habe es genossen – und ich dachte schon..."

„Nein!", flüstert sie und lächelt zauberhaft. Sie platziert die Kaffeekanne auf dem Tisch und rückt näher. Er umfasst sie mit seinen Vorderpfoten, zieht sie an sich und küsst sie.

„Ich glaube, es musste so kommen", haucht sie. Sie steckt immer noch im weißen Hasenbademantel, darunter ein kurzes Leinennachthemd. Eine seiner Pfoten gleitet auf ihre Hinterpfoten und streichelt sie.

Noch immer küssen sie sich, während sie sich befühlen und betasten und mit ihrem Fell spielen.

Der Bann scheint endgültig gebrochen – und der Rest des Frühstücks muss warten.

70. Kapitel

Nur ein knappes halbes Jahr später verabschiedet sich Hase Jean-Richard von Charles Petit-Pomme. Hase Jean-Richard hat sich verändert, sein „Sofakissen" ist merklich geschrumpft – dank regelmäßiger Gymnastik im Fitness-Studio und vernünftiger Ernährung – und natürlich dank Sandrine, die ihn in dieser Hinsicht sehr unterstützte und dies noch immer tut.

Und sie hat vieles mehr in seinem Leben verändert – seinen Bau, sein Gemüt, sein Denken und Fühlen.

„Jetzt zieht ihr also zusammen", lächelt Charles traurig und schüttelt seinem Freund die Pfote.

„Ja – der gemeinsame Stall ist eingerichtet", bestätigt Jean-Richard. „Leider am anderen Ende von Paris. Aber ich denke, das ist kein Anlass, unsere Freundschaft zu beenden?"

„Nein, nein", beteuert Charles. „Ich werde euch auf jeden Fall besuchen."

„Es war schön, mit dir plaudern zu können!" In Jean-Richards Augen schimmern Tränen.

„Ich will deinem Glück nicht im Wege stehen!", meint Charles großzügig. „Du hast es verdient."

Hase Jean-Richard erwidert nichts darauf – spontan umarmt er seinen Freund und schwört ihm, sich bald bei ihm zu melden.

„Und – wann heiratet ihr?", will Charles zum Schluss wissen.

„Ooh – ich weiß nicht!" Hase Jean-Richard ist über diese Frage sichtlich erstaunt. „Im Moment existieren keine Heiratspläne. Warum sollen wir uns beeilen? Sandrine ist 36, ich bin unterdessen 41 Jahre alt. Jetzt haben wir es so lange nicht geschafft, vor das Hasenstandesamt zu treten – also können wir noch länger warten."

„Recht habt ihr!" Charles nickt.

Die S-Bahn naht, und Hase Jean-Richard steigt ein. Da fährt er hin – in die andere Richtung. Dorthin, wo seine glückliche Geliebte Sandrine auf ihn wartet.

Charles winkt der S-Bahn noch lange nach, bis sie in der Ferne verschwindet.

71. Kapitel

Lieber Charles,

danke für deine Post. Es wird Zeit, dass ich mich bei dir melde. Es ist hier viel los.

Ein bisschen Entspannung hatte ich Mitte Mai. Da trampten Sandrine und ich an den Bodensee - genauer gesagt, nach Radolfzell. Dort waren wir in einer gemütlichen Hasenpension untergebracht. Es war klasse dort. Wir haben gut geschlafen und wir hatten ein leckeres Frühstück mit geschmelzten Möhren, Brokkoli und Spinat.

Am 13. Mai besuchten wir zuerst die Insel Reichenau. Diese Insel ist besonders bekannt wegen des Obst- und Gemüseanbaus. Besonders für die gesunde Küche der Hasen und Kaninchen ist viel geboten!

Aber es gibt auch sehr schöne Gebäude dort. Sandrine und ich waren zum ersten Mal auf der Insel Reichenau gewesen - und wir waren positiv überrascht. Kennst Du schon die Insel Reichenau?

Nach zwei Stunden fuhren wir weiter mit der Bahn nach Konstanz. Wir hoppelten dort durch ein Einkaufszentrum – für Autofahrer betragen die Parkgebühren 14 Euro für vier Stunden im Parkhaus. Schock! Zum Glück haben wir kein Auto.

Konstanz ist eine schöne Stadt, direkt am Bodensee gelegen mit einer wunderbaren Uferpromenade. Man kann spazieren, einkaufen gehen, Kohl essen, Mittagessen. All das haben wir gemacht. Wir aßen Spinat, Karotten und Weintrauben und kauften anschließend noch ein paar Bücher. Sandrine liest doch so gern!

Anschließend hoppelten wir über die Uferpromenade, durch die Stadt und zum Münster. Später aßen wir noch ein Karotteneis. So waren wir einige Stunden in Konstanz beschäftigt.

Am 14. Mai hüpften wir erst mal in einen Drogeriemarkt in Radolfzell. Ich benötigte einen Waschlappen - und wir kauften Duschgel, weil wir dachten, wir hätten unseres zu Hause in Paris vergessen. Später fanden wir es doch - aber Duschgel/Duschcreme kann man immer brauchen.

Anschließend fuhren wir nach Überlingen. Tolle Stadt mit italienischem Flair - also vielen Blumen am Ufer. Wir kennen dort eine Wald- und Wiesenwirtschaft, in die wir immer wieder gerne gehen. Diesmal aßen wir einen Chicoree-Fenchel-Auflauf und der war sehr gut.

Auf dem Rückweg nach Radolfzell machten wir noch Pause in Ludwigshafen. Ja, es gibt nicht nur eine Stadt Ludwigshafen am Rhein, sondern auch eine Gemeinde Ludwigshafen am Bodensee. Ein recht beschaulicher Ort - aber am Bodenseeufer scheint sich viel High Society zu treffen. Da gibt es zwei schicke Hotels mit teuren Autos am Parkplatz, Boote am Ufer - und eine Hochzeitsgesellschaft vor dem Rathaus haben wir auch gesehen.

Den eigentlichen Grund unseres Bodensee-Aufenthalts will ich auch noch erzählen. Wir waren zu einem Treffen mit Sandrines deutschen Verwandten eingeladen, das am 15. Mai in Radolfzell auf einer großen Wiese stattfand. Wir redeten, hoppelten und spielten Tischtennis den ganzen Tag.

Auch für das leibliche Wohl war gesorgt. Um 14 Uhr trafen wir uns in einem schicken Wald- und Wiesenlokal und konnten dort à la carte essen. Sandrines Verwandte bezahlten alles.

Bis wir das Essen bekamen, war es circa 15 Uhr. Sandrine und ich aßen jeweils Karottensoufflé mit grünen Paprika und Birnen - davor einen Salatteller. Alles war bestens. Insgesamt waren wir 20 Hasen und Kaninchen. Nach dem Essen gab es noch Kaffee und Karotten.

Am 16. Mai trampten Sandrine und ich zurück.

Wir haben noch einen weiteren Urlaub verbracht. Sandrine und ich sind am 16. Juni vom Chiemsee zurückgekommen – wir waren eine Woche dort.

In Chieming in einem grandiosen Hasenhotel waren wir untergebracht.

Wir hatten Übernachtung mit Halbpension gebucht. Frühstück gab's vom Büffet, dann fünfmal Abendessen – zwei Abendessen fielen aus, da das Restaurant Ruhetage hatte. Unterkunft und Essen waren gut, das Bad war etwas klein – besonders für Sandrine.

Beim Abendessen konnten wir immer unter drei bis vier Gerichten wählen – das war praktisch. Es war für jeden etwas dabei, also auch für Hasen, die ein Gericht ohne Brokkoli oder Fenchel haben wollten. Das Abendessen bestand immer aus Suppe als Vorspeise, dann Salat (außer, wenn Salat beim gebuchten Essen dabei war), Hauptspeise und ein Nachtisch. Da konnte man mal Karotten mit Küchenkräutern auswählen oder Paprika in allen Farben oder auch einen Espresso oder Cappuccino. Wir nahmen immer die Nachspeise, die uns als erstes genannt wurde – also zum Beispiel Karotteneis.

Wir besuchten einige Orte am Chiemsee – nicht nur Chieming, sondern auch Seebruck und Prien. Weiterhin fuhren wir nach Rosenheim und München mit der Bahn – es gibt Züge ab Übersee (ja, der Ort heißt so).

Toll ist natürlich die Fraueninsel, von Chieming fährt eine Fähre dorthin. Sie fährt auch nach Herrenchiemsee. Klar kann man dort auch Zeit verbringen, ein unfertiges Schloss besichtigen, dessen eine Hälfte fertig ist, die andere Hälfte eben nicht. Der Traum von König Ludwig aus Bayern, der durch seinen Tod jäh beendet wurde. Bayern lässt die andere Hälfte des Schlosses unvollendet – es würde wohl auch zu viele Kosten verursachen, Herrenchiemsee fertig zu bauen.

Die Fraueninsel kann man in kurzer Zeit umrunden, es gibt Spazierwege, über die man nach Herzenslust hüpfen kann. Einige Shops gibt es mit Schals, Shirts, Postkarten und weiteren Souvenirs. Einen kleinen Lehensmittelladen gibt es auch – und einen für Inselverhältnisse ziemlich tollen Buchladen! Er ist an das Kloster angegliedert, bietet natürlich Literatur über Päpste und Dinge, die in der katholischen Kirche interessant sind – aber auch interessante Romane, Souvenirs, alkoholische Getränke als Mitbringsel sowie hochwertige Seifen. Ich habe einen Kühlschrankmagneten gekauft, weil ich den vom Preis her okay fand (3,50 Euro – in einem Souvenirladen weiter vorne kostete er über 5 Euro). Der Buchladen ist sehr liebevoll gestaltet, bietet Platz (was in Zeiten von Corona auch gut ist) und ist schon einen Besuch wert.

Wir haben in einem Café mit Biergarten Rast gemacht. Sandrine fraß Karotten mit Weißkohl, die ihr in einem tollen Tongefäß in heißem Wasser serviert wurden. Ich hatte das „Haferl" Kaffee mit einem Brokkoli-Croissant, das zusammen 5,60 Euro kostete, bestellt. Alles war okay.

Wir machten mit dem Linienbus Ausflüge zum Kloster Seeon und nach Obing. Obing ist eine seit Jahren wachsende Gemeinde. Viele Rentner aus München ziehen dorthin, weil das Leben dort günstiger ist als das Leben in München.

Wir haben dann noch Schnaitsee besucht, weil diese Gemeinde in unserem Reiseführerbuch sehr empfohlen worden war. Leider ist Schnaitsee unterdessen ein sterbender Ort – viele Läden stehen leer, Geschäfte rentieren sich nicht mehr oder die Inhaber hören aus Altersgründen auf. Ich weiß nicht mal, wo die Leute dort einkaufen gehen. Imposante Kirchen gibt es – vorwiegend katholische. Aber Kirchen alleine tragen einen Ort nicht, es muss ja auch noch etwas für die Leute und Tiere geben, da gibt es aber nicht viele Angebote. Eben im Sommer ein paar Feste.

Einen Tag vor unserer Abreise besuchten wir Traunstein. Traunstein ist die Kreisstadt, zu der Chieming, Seebruck und einige andere Orte am Chiemsee gehören.

Traunstein ist auf jeden Fall sehenswert – so wie auch Rosenheim und München. München war aber ziemlich voller Besucher und es war recht heiß dort. Aber man kann gut einkaufen.

Den Waginger See und Waging am See haben wir auch noch besucht. Sandrine und ich sprangen zu dem See.

Vom Ort Waging am See (der in Bayern als „Markt" gilt und nicht direkt am See liegt) läuft man circa zwei Kilometer dorthin. Jedoch zieht sich der Weg ziemlich in die Länge, wenn man nicht weiß, wann der Weg endet. Es gibt einen Fuß- und Radweg am Rande der Straße, der in einem Wald endet. Links dann gibt es einen großen Campingplatz – und man hoppelt einfach weiter bis zu dem See. Dieser gefiel uns schon, ist aber nicht so schön wie der Chiemsee. Man kann dort Kaffee trinken und auch etwas essen. Es gibt auch einen kleinen Supermarkt dort, der für Camper interessant ist. Was allerdings blöd ist, dass es keine öffentlichen Toiletten gibt. Es gibt zwar ein Kurhaus für die Touristen, aber keine öffentlichen Toiletten. Schon doof so etwas.

Ich und Sandrine fanden einen großen Baum mit herunterhängenden Ästen und viel Laub, unter den wir uns für ein paar Sekunden verziehen konnten, um unsere Notdurft zu verrichten.

Der Baum war blickdicht und wirklich praktisch. Hin und wieder gab es Radfahrer, die vorbeiradelten.

Der Rückweg zur Bushaltestelle in Waging am See verlief schneller als der Hinweg, obwohl es auch bergauf ging.

Von Waging am See war es einfach, in das Hasenhotel nach Chieming zu kommen, wo ein gutes Abendessen auf uns wartete.

Nun warte ich gespannt darauf zu hören, wie es dir geht. Vielleicht können wir uns wieder einmal sehen und mit einer Tasse guten Bohnenkaffees auf unsere Freundschaft anstoßen!

Viele liebe Grüße – dein Jean-Richard.

72. Kapitel

Béatrice Chanterelle-Focault klopft verhalten an die Türe ihres Chefs Doktor Boulanger. Sie schiebt einen Kinderwagen mit ihren schlafenden Kaninchenbabys Babette, Georges und Bernard.

Heute hat sie ihren Nachwuchs ihren Kolleginnen und Kollegen im Verlag GUILLERMO & BONFIDELE vorgestellt. Mit lautem Hallo wurde sie empfangen, die kleinen Kaninchen bestaunt und von Pfote zu Pfote gereicht.

„Doktor Boulanger soll meine Jungen auch kennen lernen", denkt Béatrice großzügig, obwohl sie keine Lust hat, ihren Chef zu sehen und obwohl ihre drei Kaninchenbabys gerade schlafen.

Leise drückt Béatrice die Türklinke mit einer Pfote herunter und hoppelt in Doktor Boulangers beeindruckend eingerichtetes Büro.

„Ah – Frau Chanterelle!", ruft er erfreut. "Wie schön, Sie zu sehen! Nehmen Sie doch Platz!" Er weist mit der Hand auf den Ledersessel vor ihm.

„Chanterelle-Focault, bitte!", korrigiert sie ihn. „Ich bin verheiratet!" Béatrice zeigt sich unverhohlen stolz über ihren Doppelnamen und legt besonderen Wert darauf, von jedermann damit angesprochen zu werden.

„Stimmt ja – ich habe davon gehört!" Wie ein zerstreuter Professor streicht er sich über sein immer lichter werdendes graues Fell.

„Wissen Sie – die viele Arbeit!", meint er dann entschuldigend.

„Ich wollte Ihnen meine Jungen Babette, Georges und Bernard vorstellen!" Béatrice nimmt Platz und parkt den Kinderwagen neben sich.

Doktor Boulanger erhebt sich von seinem managergerechten Ledersessel, hoppelt um den Schreibtisch herum und schaut in den Kinderwagen.

„Wie süß – daraus werden vielleicht einmal neue Mitarbeiter!“

Béatrice schluckt. Ihre Kaninchenkinder sollen einmal studieren und nicht in einem Verlag landen. Aber laut sagt sie das nicht.

„Wie geht es Ihnen denn, Frau Chanterelle-Focault?“, fragt Doktor Boulanger und hüpft wieder auf seinen Platz.

„Ich bin rund um die Uhr beschäftigt!“ Béatrice strahlt. „Aber zum Glück besitze ich den besten Ehe-Kaninchen-Mann der Welt...“

Liebevoll driften ihre Gedanken ab zu Maxim. Maxim, der nicht nur in seinem Beruf äußerst erfolgreich ist, sondern auch ein liebevoller Ehe-Kaninchen-Mann und ein perfekter Haus-Kaninchen-Mann. Ein Bild von einem Partner-Kaninchen – der Traum-Kaninchen-Mann schlechthin!

„Das freut mich für Sie!“ Doktor Boulanger meint es ehrlich. „Und – finanziell kommen Sie auch über die Runden?“

Béatrice stutzt – denn sie weiß nicht, wie seine Frage gemeint ist.

„Haben Sie momentan einen Engpass an Lektoren?“ Sie zieht ihre Stirne in Falten.

„Nein, nein – nehmen Sie nur Ihren Mutterschafts- und Erziehungsurlaub. Ihre Jungen brauchen Sie!“

Verzückt sieht sie auf ihre Jungen, die immer noch friedlich schlafen.

„Ich denke, ich muss mich bei Ihnen entschuldigen.“ Er legt eine Pfote auf die andere und blickt sie an. „Sie sind eine fabelhafte Lektorin, und ich weiß, dass Sie in letzter Zeit in starke Gewissenskonflikte gerieten.“

Erstaunt rutscht sie auf ihrem Sessel nach vorne. Doktor Boulanger lobt nur selten seine Untergebenen. Und wenn, dann muss dies einen besonderen Grund haben.

Sie sagt nichts und wartet auf seine weiteren Ausführungen.

„Unser Verlag hat in den letzten Jahren zu einseitig gearbeitet", fährt er fort. „Zu sehr haben wir uns auf Material aus dem Ausland gestürzt und konnten dadurch natürlich nicht mehr gutes französisches Material sichten."

Sie nickt.

„Jahrelang merkte niemand etwas davon – aber es scheint, als hätten die Franzosen ein neues Nationalbewusstsein entwickelt." Er beißt sich auf die Lippen. „Die Nachfrage nach mehr französischer Literatur wird größer – und so wurde zum Beispiel das von uns verlegte Buch ,Liebe im Schlafwagen' ein Flop."

Béatrice sagt immer noch nichts. Sie weiß, dass der Verlag viel Geld in eine Werbeaktion für dieses Buch gesteckt hat. Ohne Erfolg allerdings – die erste Auflage verkaufte sich nur schleppend, und so wurde dieses Buch vom Markt genommen. Weiteren Büchern, die mit vielen Vorschusslorbeeren bedacht wurden und aus dem Ausland stammten, ging es ebenso.

„Natürlich heißt das nicht, dass wir gänzlich auf Manuskripte aus dem Ausland verzichten!" Doktor Boulanger lächelt. „Wir wollen nur mehr französischen Autoren eine Chance geben."

„Was für eine tolle Idee!" Béatrice ist sichtlich beeindruckt. „Sie wissen gar nicht, was für eine Freude Sie mir damit machen. Auch wenn ich momentan nicht arbeite."

„Ich habe noch eine bessere Idee!" Doktor Boulanger grinst geheimnisvoll und zieht dann einen Plastikordner mit sauber beschriebenen Seiten aus einer Schublade seines Schreibtisches.

Béatrice erstarrt. Ihr Manuskript!

„Sie haben doch dieses Buch geschrieben – sehe ich das richtig?"

Béatrice wird schwindlig. Sie hält den Atem an.

„Aber – aber, ich hatte dieses Manuskript der Literaturagentur HOHN & RAFF zur Prüfung geschickt! Wie kommen Sie dazu?“

„Seien Sie froh, dass ich es HOHN & RAFF abgeluchst habe. Unser prominenter Autor Pierre Fragile wollte sein neuestes Manuskript unbedingt von dieser Literaturagentur lektorieren lassen. Arnold Hohn ist ein ehemaliger Klassenkamerad von Herrn Fragile.

So wurde ich von HOHN & RAFF eingeladen, das Manuskript von Herrn Fragile zu besprechen – und sah Ihr Manuskript!“ Triumphierend klopft er auf die Schreibtischplatte und lächelt.

„Ich verstehe immer noch nicht!“ Béatrice zupft an ihrem Fell. „Ich hatte mein Manuskript dieser Literaturagentur zur Prüfung gegeben, weil es sich hierbei um eine renommierte Literaturagentur handelt, die sogar schon mehrere bekannte Fernsehserien produziert hat. Eine Literaturagentur verhilft ihren Autoren, einen Verlag zu finden...“

„Eine seriöse Literaturagentur tut das, ja!“, unterbricht Doktor Boulanger ihren Redefluss. „Aber HOHN & RAFF tun das nicht. Sie gaukeln jungen, unbekannten Autoren vor, sie – also HOHN & RAFF - könnten für diese Manuskripte leicht einen Verlag finden. Dann luchsen sie den Autoren im Voraus mehrere tausend Euro ab, versehen dann das Manuskript mit ein paar Bleistiftstrichen – das nennen sie Lektorierung - und kümmern sich nie wieder darum!

Das Manuskript verstaubt in dieser Literaturagentur, HOHN & RAFF haben sich wieder ein paar tausend Euro nebenbei für eine Urlaubsreise oder den neuesten Porsche verdient – ohne viel Arbeit, wohlgemerkt! Die neuen Autoren wundern sich, warum sich von nun an weder HOHN & RAFF, noch ein Verlag bei ihnen meldet. Und irgendwann kündigen sie frustriert den Vertrag mit HOHN & RAFF, ihre Vorauszahlung sehen sie nie wieder.

Auch gerichtlich kann man nicht gegen diese Art von Betrug vorgehen. HOHN & RAFF sitzen am längeren Hebel und haben die besseren Anwälte..."

„Das ist ja schrecklich!", ächzt Béatrice. „Warum arbeitet dann Herr Fragile mit dieser Literaturagentur zusammen?"

„Weil HOHN & RAFF nie Prominente so betrügen werden, wie sie junge, unbekannte Autoren betrügen. In dieser Branche wäre dann der Ruf von HOHN & RAFF sofort ruiniert, das kann man sich doch nicht leisten. Außerdem ist das eine gute Werbung für HOHN & RAFF, wenn sie mitgeholfen haben, dass die Manuskripte von Prominenten zu Büchern werden. Deswegen meine Warnung an junge Autoren: Hütet euch vor einer Literaturagentur, für die ihr im Voraus Geld bezahlen müsst" Doktor Boulanger hat sich richtig warm geredet und gestikuliert mit seinen Pfoten. „HOHN & RAFF hat eine für seine Agentur sehr nützliche Klausel in seinen Verträgen: ‚Die Literaturagentur ist nicht verpflichtet, ihren Autoren mitzuteilen, welchen Verlagen und wie vielen Verlagen sie das Manuskript vorlegt.' Somit müssen HOHN & RAFF nie beweisen, dass sie sich jemals um die Vermittlung der Manuskripte von Autoren kümmern. Seien Sie froh, dass ich Ihr Manuskript dort herausgeholt habe!"

„Ja, aber was passiert jetzt damit?" Béatrice schluchzt beinahe. „Wissen Sie, es ist ein Liebesroman. Ein wirklich schönes Buch. An wie viele Verlage soll ich es denn noch schicken?!"

„Ja, Frau Chanterelle-Focault, Sie haben Recht. Es ist ein wirklich schönes Buch!" Doktor Boulanger lächelt ihr aufmunternd zu. „Wir werden es verlegen!"

Béatrice traut ihren Löffeln nicht. Ihr wird schwindlig. Kommt jetzt ihre Chance, nach mindestens fünfzig Absagen, nach etlichen Manuskriptkopien, die ihr die Verlage nie zurücksandten? Nach bangen, hoffnungsvollen Stunden – und sogar nach der Überlegung, irgendwie eine ausländische Staatsbürgerschaft anzunehmen, nur um von einem namhaften französischen Verlag akzeptiert zu werden?

„Oh – das ist die schönste Nachricht seit der Geburt meiner Babys!" Sie springt von ihrem Platz auf und fällt ihrem Chef um den Hals. Endlich ein Verleger! Und sogar noch ihr Arbeitgeber! „Aber – warum wollten Sie mein Manuskript vorher nie lesen?"

„Ich war genauso verblendet von den vielen ausländischen Autoren wie viele andere Mitarbeiter in diesem Hause auch. Ich sage Ihnen, Frau Chanterelle-Focault, wir werden uns bessern. Und wir fangen heute damit an. Indem wir aus Ihrem Manuskript ein Buch machen und ganz groß herausbringen!"

Béatrice schluckt. Das ist kein Traum, das ist Wirklichkeit. Sie blickt auf ihre friedlich schlummernden Jungen und danach auf ihren Chef.

Und zum ersten Mal in ihrem Leben könnte sie ihren Chef vor Freude küssen.

Jacqueline Kiara Nele Barnett:

„Himmel voller Leidenschaft"
Erotischer Roman

Inhalt:
Eine Maschinenmesse in den Niederlanden findet statt. Wer darf ein erfolgreiches deutsches Mittelstandsunternehmen auf dem dortigen Messestand vertreten? Daphne, Jessy und Noelle sind die ausgewählten Damen aus der Verkaufsabteilung. Sie machen sich erwartungsvoll auf den Weg auf die Messe. Bald aber merken sie: Die Arbeit auf der Messe beschränkt sich nicht nur auf die Bewirtung von Kunden, auf das Verteilen von Informationsmaterial und auf das Lächeln auf dem Messestand - nein, auch andere Tätigkeiten sind erwünscht... Ein vorwiegend humorvoller Roman mit viel Erotik!

144 Seiten
ISBN-Nummer: 978-3-74811-726-1
Verlag: Books on Demand GmbH, Norderstedt